目 录

序 — i

第一章　　妖怪改方 — 001

第二章　　黑天狗 — 061

第三章　　亡灵料理人 — 109

第四章　　火　鬼 — 151

第五章　　山　姥 — 185

序

明和至安永[1]年间，被揶揄为江户乡下的本所深川一带住着不少流氓地痞，究其原因主要是这儿离江户中央区域较远。

总之这儿不是什么治安好的地方。

安分守己的居民自然也不在少数，但由于流氓地痞的存在，太阳一落山居民们大多都闭门不出。

不过一步也不走出门自然是不可能的。

有没有那种家里仆人成群的大商贾倒不清楚，本所深川的居民大多都是些小商贩。

卯兵卫便是小商贩的其中一人。他在深川外围经营着一家酒水批发店，即使是夜里，有活儿来了也不得不出门。好多人从早干到晚都顾不上吃饭喝酒，只能深夜出动。

这天夜里，卯兵卫照常肩上挑着酒樽在深川快步小跑。深川本就是花柳街，再加上有不少饭堂，对酒水的需求量很大，

---

[1]. 明和、安永均为日本年号。明和（1764—1771）年间后樱町天皇、后桃园天皇在位。安永（1772—1781）年间后桃园天皇、光格天皇在位。其间江户幕府的将军均为德川家治。

因此他经常会接到急活儿。

随着深川的发展，卯兵卫的竞争对手不断增多，如果不在夜里接一些外活儿，这店就经营不下去了。

这次卯兵卫要去的是一家之前没送过的饭堂，说是酒不够了，托付跑腿的人让卯兵卫送去。

由于是第一次，饭堂那边说派了人在半路上接应他。然而卯兵卫四处走都看不到一个人影。

"有种不祥的预感。"

不祥的预感往往很灵验。

"大半夜的，一个人在外面走可相当危险啊。"

耳边突然传来的这句话伴随着一阵笑声。

还没等卯兵卫叫出声，黑暗之中出现了三四个流氓地痞。更不妙的是，他们腰间都别着刀，看起来应该是没有营生的落魄武士。

"你好像拿着不错的东西呢。"

"请……请你们放过我吧！"

"少啰唆，老老实实把身上的东西都交出来！"

说完便蛮横地抢走了卯兵卫的酒和口袋里的钱。

卯兵卫的霉运似乎还没到头。

"嘿嘿，好戏这才刚要开始。"

歹人冷笑着拔出刀来。看来他们想夺走的不光是钱财，还有卯兵卫的性命。

如果是在评书故事里，这时候卯兵卫应该哭着求饶道："钱财可以都给你们，求求你们放我一条生路吧。"

但实际碰上了这种事，腰也直不起来，叫也叫不出声。卯兵卫除了跪在刀前瑟瑟发抖，什么也干不了。

"纳命来吧！"

就在流氓举起刀的时候，从黑暗中传来了猫叫声，"喵——"紧接着"轰隆——"一道雷朝着几个流氓劈了过来。

虽然只是道小小的雷电，但被直接劈中也不是说着玩的。

"呜哇！"

流氓们发出一声惨叫，吓得抱着头一屁股坐到了地上。

万幸的是，雷并没有劈到他们，而是落到了两米开外的杂木林里头。

这下子轮到流氓们直不起腰，叫不出声了。

奇怪的是，现在天上一片云也没有，根本就不是该打雷的天气。

"卯兵卫先生，我们来接你了。"

"喵。"

不知何时，一个八岁上下的齐刘海小姑娘跟一只小小的黑猫出现在了卯兵卫面前。

第一章

—

姓氏说片

—

Chapter 1

一

纵是草木也已入睡的深更半夜。

大川堤上飘浮着一团鬼火，晃晃荡荡地来回飞动，看上去像是深夜出来散心的样子。

散心倒没什么，也没有人规定说妖怪不能散心，况且妖怪原本就喜欢到处晃悠。

但这鬼火有纵火的癖好，那便成了问题。

在幕府政权出现之前，江户不过是个长满杂草的穷乡僻壤，住在这里的妖怪比人类还要多，每天一到夜里就会有数不清的鬼火在野外飘来飘去。

结果有个名为家康的"野蛮人"来开拓江户，移山填海建起了城市。

被人类夺去居所的妖怪们纷纷逃进深山老林，这鬼火的同伴也没了踪影。如今整个江户只剩下这么一只鬼火，它已经有一百多年没见过同类了。

它倒不怨恨人类，只是觉得孤独罢了。

纵火也不过是由于看着熊熊火焰能想起以前跟其他鬼火在一起的日子。

今天，鬼火也打算纵个火。

大川堤草木繁茂，枯草枯树随处可见。

它靠近了一片枯草，正要点火。

"慢着！"

一个年轻男子的声音制止了它。

鬼火本就是人类肉眼可见的妖怪，被看到并不稀奇。有时它还会故意飞到人们身边吓唬他们。一般来说，人们看到有团火焰朝自己飘过来都会吓得拔腿就跑，因此鬼火这时候也打算靠近说话的人以将其赶走。

奇怪的是，这男的看起来似乎没有打算逃跑。他将挂在腰间的印笼[1]拿到手中，自言自语一样地说：

"刀鬼，把那鬼火抓住。"

仔细一看，印笼上刻着狐火花纹。

---

1. 一种小型的盒式漆器，原用于收纳印章，后亦用于存放烟草、药品等其他物品，至江户时代演变为武士系在腰上不离身的装饰品。

鬼火认得那狐火花纹。江户任何一个妖怪都知道，千万不能靠近带有这花纹的人类。

但等它反应过来时，已经晚了。

印笼中飞出一只小鬼来，身子只有拳头大小，却抢着一把大太刀[1]。这只小鬼是刀的化身，人称刀鬼。

刀鬼开口道：

"刀弥，偶尔也自己干干活啊。"

刀鬼对着那个叫刀弥的印笼主人一个劲儿呲嘴，看都不看鬼火一眼。

鬼火虽然惊慌失措地想逃走，但心里明白自己已经逃不掉了。

既然如此，那干脆破罐子破摔，直接用火把印笼烧掉，将这个叫刀弥的人打个措手不及吧。

"刀鬼，交给你了。"男子下令道。

"哼，真麻烦。"

小鬼又不耐烦地呲了呲嘴，不知何时已经将大太刀摆好了架势。

"注意留活口。"

———————————

1. 日本刀的一种，根据长度可分为三种：一是大太刀，又称野太刀，刀身长度超过90厘米；二是太刀，长度在60厘米到90厘米之间；三是小太刀，长度不足60厘米。

还没等刀弥把这句话说完，小鬼的刀已经挥了下去，速度之快，肉眼难以分辨。

"啪——"

鬼火已经变成两半，坠落到地上。

"都跟你说了要留活口。"

"鬼火哪有可能这样就死掉……"

小鬼一边发牢骚，一边徒手将鬼火抓到印笼里。跟小孩脑袋差不多大的鬼火被那小小的印笼吸了进去。

不知为何，鬼火进了印笼后顿时静下了心来，感觉十分舒坦。

不光是心境，它那被劈成两半的身体也恢复了原样。

印笼外传来小鬼的声音：

"赶紧回妖怪改方去吧。"

二

解决鬼火后，过了四半刻 [1]，狐火花纹印笼的主人——冬坂刀弥来到深川外围。

---

1. 江户时代计时采用十二刻制度，刻为时间单位，一刻约为 2 小时，四半刻是四分之一刻，即 30 分钟。

眼前坐落着一座宅邸，门牌上写着"妖怪亡灵改方"六个字。

这是一座宽约十间[1]的武士宅邸，跟战国时期的城堡一样，外面砌着一道牢固的围墙，看上去像一座小型城堡。

宅邸外面十二时辰都有人严守着，别说与力、同心[2]了，即便是妖怪改方中职位最高的长官[3]要进去也得接受一番检查。

想要进入宅邸，必须有狐火花纹的印笼作为证明，倘若身上没这个印笼的话，即使是将军大人也进不去。

刀弥将印笼给守卫过目之后，走入宅邸，结果才刚进门，就被叫去了长官的屋子里，只见一个年过四十的发福男子摆着一张阴沉的脸。

"事情有些棘手。"

男子对刀弥说。

这个人叫仁科甚吾，是妖怪改方的代理长官，刀弥同心的上司。

"发生了什么事？"

刀弥不大情愿地问道，他已经厌倦了解仁科那些所谓的

---

1. 间是日本长度单位，一间约为 1.8 米。
2. 与力、同心均为江户时代捕快的称呼，多为世袭制。与力比同心要高一级。
3. 相当于江户时代的警察局长。

第一章　妖怪改方　[007]

"棘手事情"了。

仁科虽长得人高马大，但总因为些鸡毛蒜皮的小事一惊一乍，连宅邸庭院里的野猫生了小猫这种事也得瞎咋呼一番，可以说是相当烦人。

妖怪亡灵改方好歹也是跟火付盗贼改方[1]同等级的执法机构，仁科虽说只是代理职位，但谁能料想到是这样一个没有肚量的人。

没错，妖怪改方——全名"妖怪亡灵改方"，是一个执法机构。

在江户，设有名为町奉行所[2]的犯罪搜查机构。町奉行所分为数寄屋桥的南町奉行所和吴服桥的北町奉行所两处，共同维护着江户的治安。

但对居民逾百万的江户来说，单有町奉行所显然是不够的。而且町奉行所的管辖范围只限江户境内，犯人如果逃进了寺庙里，那案件便进入了寺社奉行的管辖范围；如果逃出了江户，则需要若干手续才可以继续追捕。

江户发生的案件多与纵火和妖怪亡灵相关，而且罪犯也有可能逃到寺庙里或江户外。面对这种案件，町奉行所能做的事

---

1. 又称火盗改方。主要负责处理纵火、抢劫、盗窃、赌博等案件，以上皆为江户时代主要的重罪。

2. 江户幕府时代的市政府机关。

情十分有限，于是便设立了火付盗贼改方和妖怪亡灵改方。

那些粗野之辈犯下的案件归火付盗贼改方管辖，妖怪、亡灵犯下的案件则由妖怪亡灵改方管辖。

顺便一提，教导刀弥成为捕快的便是上一任妖怪亡灵改方长官笕三十郎。此人身手十分了得，可以说像评书故事中的主人公那样厉害，而且很会用人，处理起妖怪相关案件也效率奇高。

"我从没见过这么厉害的人类。"

刀鬼对他的评价从未改变过。

在笕三十郎的管理之下，江户的妖怪减少了许多，治安也随之改善不少。然而安定之后，妖怪改方便成了幕府权贵眼中的碍事者。

鸟尽弓藏，兔死狗烹。

不论在什么时代，无用的猎狗终究都只会成为猎人的绊脚石。

特别是妖怪改方这群能够与妖怪一较高下的狠角色，对权贵来说始终是令人不安的存在。

由于某起事件，笕三十郎辞去了长官之职，幕府也借机将整个妖怪改方撵到了江户郊外的深川去。

面对幕府的打压，那些身手高超的成员咽不下气，接连离开妖怪改方。于是现在的妖怪改方尽剩下一些没骨气又不中用的家伙，总被些鸡毛蒜皮的小事情闹得鸡飞狗跳。

然而，今天仁科要跟刀弥说的还真不是什么鸡毛蒜皮的小事情。

"地牢里平家[1]的落武者[2]不见了。"

"真的假的……"

事发突然，令人难以相信。

"在这节骨眼上发生这种事，真是麻烦。"

下个月初，靠代理长官一职苟延残喘许久的妖怪改方，终于要迎来新一任的正式长官。

对仁科来说，这期间发生的任何事件都是大麻烦。

刀弥完全不知道新长官姓甚名谁长什么样，毕竟谁来担任长官这件事是由幕府的权贵所决定的，轮不到他这种底层捕快操心。估计整个妖怪改方中知道新长官是谁的只有仁科一个。

仁科自言自语道：

"还是听之后新长官的吩咐行事吧。"

"你的意思是这件事就这么放半个月不管？"

"这么说，确实也不是个办法呢。"

仁科说完叹了口气，脸上明显写着"啥也不想干"五个大字。

刀弥提了个仁科刻意避开不谈的名字：

---

1. 指平清盛的平氏一族。

2. 别名落人，指在日本的战乱时期，战败逃亡的武士。

"有没有可能是被善鬼给抓走了呢？"

"别说这种不吉利的话！"

仁科瞬间变脸，对刀弥呵斥道。光是听到"善鬼"这两个字，他的脸已经开始发青了。

几天前有个消息传到了妖怪改方：

"善鬼回江户了。"

"什么？！"

众人发出近乎悲鸣的声音。

包括刀弥这样二十岁不到的年轻成员在内，妖怪改方里没有谁不知道这个名字。

善鬼原本是身手了得的妖怪改方同心、笕三十郎的得力右手，也是由于之前幕府的打压而离开了妖怪改方。

然而，不知是否因钱财所驱使，善鬼在三年前成了个操控妖怪的盗贼。非但背叛了妖怪改方，还成为与其针锋相对之人。

偏偏这叛徒还不是省油的灯，普通的鼠贼可没办法与其相提并论。

善鬼原本师从大名鼎鼎的小野派一刀流，可以说是屈指可数的剑士。妖怪改方保管着的妖刀村雨，据说只有他能驾驭。即便是被视为现今妖怪改方中最擅长使用妖刀的刀弥，也无法发挥村雨的全部力量。

第一章　妖怪改方　[011]

"练习得不够啊。"

就算被刀鬼这么说，刀弥也总是鼓不起干劲来。

想要将村雨运用自如需要大量练习。这本该由长官来进行指导，然而仁科自己就是个连普通刀都使唤不来的文弱之徒，更别说去教刀弥怎么用妖刀了。

"缺乏人才也得有个限度啊。"刀鬼轻蔑地说道。

许多以前的与力、同心由于不愿在仁科手底下干活，全都走人了，这对妖怪改方可以说是雪上加霜。

"令人忧虑啊。"

刀弥没有出声，只是咬牙切齿地想着。不仅仁科，现在妖怪改方的其他人也尽是些不中用的家伙。

"你啊，也别自以为是。"刀鬼讥讽道，"明明自己也没有多大能耐。"

刀鬼本跟随着笕三十郎，随后笕三十郎将其传给刀弥，因此刀鬼常常对刀弥出言不逊。

"真跟善鬼打起来还不是十有八九得输。"

刀弥听着虽然不爽，但也无力还嘴。

善鬼不但自己是个剑豪，听说还有一群身手不凡的部下，绝对不是刀弥一个人对付得来的。

他从江户消失是刀弥成为同心之前的事了。刀弥也不知道善鬼长啥样。

"那家伙可不得了，简直是妖怪改方的天敌。"

确实，见过善鬼的人都这么说。

面对这种狠角色重返江户的传言，仁科只能实话实说：

"十分棘手，如果是善鬼的话我应付不来。"

"这还用说？"

刀鬼对这个代理长官也是一点儿都不客气。

他虽然不把仁科当同伙看，但真到仁科走投无路的时候还是会帮忙的，这回落武者失踪的案件亦是如此。

听到传闻之后，妖怪改方为了避免无良妖怪受善鬼操控，便将他们押入了宅邸的地牢。就是在这期间发现平家落武者消失了踪影。

看管地牢的是一个近百岁的老剑士。刀弥至今不清楚他究竟是何方神圣，只知道是位笕三十郎的身手也要逊色他一分的高人。在他的看管下妖怪很难越狱。

不过他似乎没有恪守职责，要说为什么……只是任性罢了。

"只要是比我厉害的家伙想干啥都可以，牢房啥的送你都行……话说善鬼很厉害吧？"

听他这么一说，再结合传闻，估计谁都会觉得是善鬼干的吧。

"这件事如果让上头知道，我肯定得切腹了。"

第一章　妖怪改方　[013]

仁科叹气道。

"你切腹的样子估计不大好看。"

刀鬼虽然怪里怪气，但他深知现在的情况不是闹着玩的。这件事如果解决不了，不仅是仁科，整个妖怪改方都得被问责，甚至有可能被直接解散。哪怕对现在的妖怪改方再不上心，万一真解散了的话他也会觉得对不起笕三十郎。

"我去寻找落武者的下落。"

刀弥走出了宅邸。

三

半刻后，刀弥走在通往龟户村的一条长满杂草的小路上。那提着一盏灯的样子，着实有着妖怪改方同心的风范。

"刀弥，你加油，我要先睡了。"

印笼中传出刀鬼的鼾声。

睡了也好，至少不会乱来。刀弥也不理会这没干劲的刀鬼，独自继续搜寻落武者。

不一会儿刀弥停下了脚步。他感到身后似乎有气息。

（被跟踪了？）

刀弥没有回头，而是直接本能地做了个空翻。

就在他跃起身的下个瞬间，"唰——"一道锐利的剑气劈在了刀弥刚刚站的地方。

面对着突如其来的攻击，刀弥有点不安。

（人类？）

刀弥毕竟是整天跟妖怪打交道的捕快，对于这些流氓地痞，他有着绝对的把握。经过迅速的思考，到身体落地时他已经冷静了下来。

他慢悠悠地转过了身，说："如果是想抢劫的话，劝你还是离开吧，我身上可没带钱。"

对方笑着说："哟，好像还有两把刷子。"

之后神秘人说了句令刀弥诧异的话："我还以为妖怪改方像传闻一样，尽是帮不中用的家伙呢。"

居然明知道刀弥隶属妖怪改方，还对他兵刃相向。

"似乎不是区区劫匪。"

刀弥拔出刀，目光变得锐利起来。

"冬坂刀弥，妖怪改方同心。打架我肯定奉陪到底，不过事先说好了，我不会手下留情哦，有思想准备了吗？"

"废话少说！"

话音刚落，刃风袭来。

第一章　妖怪改方　【015】

刀弥一边躲闪一边试图看清对手的脸，但偏偏今夜格外黑，除了敌人是个彪形大汉，什么也看不出来。

不，还看得出一件事——这个对手身手十分了得。

敌人在黑暗中不断挥刀，刀弥丝毫没有还手的机会，只能没完没了地躲来躲去。而且，这人似乎没使出全力。

"看来你很擅长躲避呢。"

对手笑着说，声音丝毫没有慌乱。

反观刀弥，他的呼吸已经开始变得急促。别说反击了，他连把刀鬼从印笼里面叫出来的时间都没有，被神秘人完全压制着，只能一味抵御或躲避。

"训练得不够啊。"

这话可以说是一语道破了刀弥的问题。确实，由于缺乏剑术训练，此时刀弥感觉身体就像铅块一样重，握着刀的手也在阵阵发抖。

"这样下去会被杀掉的。"刀弥甚至有了这种意识。他跟眼前这个人的力量之悬殊，已经到了连逃跑都办不到的程度。

结果，他没有被杀。或者说，对方没有杀他。

"这点程度就不行了，看来妖怪改方也没有什么大不了的。"

神秘人自言自语道，将刀收回鞘里。

"你究竟有什么企图？！"

刀弥气喘吁吁地怒吼道。不过对方并没有回答，也不看他一眼。

"接下来你来当他对手吧。"神秘人不知对谁下令道。

话音一落，一个比神秘人还要高大得多的身影从黑暗中走到刀弥的面前。

（不是吧……）

刀弥立马就反应过来，来者正是他找了一晚上的妖怪——落武者。

身上穿着甲胄，手提一把生锈的刀。不会有错，他就是从妖怪改方的地牢里消失的平家落武者。

"你在找这家伙对吧？"

神秘人仿佛在嘲笑刀弥一样。

"混账，你是善鬼？！"

对方并没有回答，将刀弥交给落武者之后便坐山观虎斗去了。

"现在你的对手是妖怪了，让我见识一下妖怪改方究竟有多少斤两吧。"

黑暗的一侧传来神秘人的笑声。

"别开玩笑了！"

虽然刀弥想问清楚这个人到底是不是善鬼，但他的新对手已经动手。

第一章　妖怪改方　[017]

"在下，出马了！"

落武者血红色的刀挥砍了过来。

"铛——"

刀弥架住了攻击。

不愧是传说中的平家落武者，这一刀下来极为沉重，刀弥感觉整个身体都下沉了一分。

与神秘人交手时一样，刀弥有点喘不过气来了。

"在下，出马了！"

"可恶……"

刀弥没能抵挡得住，刀被击飞到了地上。

"不好！"

落武者的下一击紧接而至，刀弥已经没有力气躲闪了。

"切。"

万事休矣。

正在刀弥认为自己即将成为落武者刀下亡魂时，传来了一个呆笨的叫声。

"喵！"

紧接着天上降下一道雷来，"轰隆——"

雷光落到了落武者身上。

"咯布呜呜呜！"

落武者发出诡异的哀号声，先是呆若木鸡，一会儿之后扑通一下倒在了地上，双眼瞪圆，不省人事。

总之，似乎得救了。

"小助？"刀弥说。

不用看都知道是谁干的好事，整个江户能自由操纵雷电的妖怪除了这小家伙，没有其他了。

果不其然。

"不是小助，是黑助大人！"

"喵。"

黑暗中走出一人一"猫"。

正是八岁的女孩统子和雷兽黑助。虽然外表看起来不过是一只小小的黑猫，但刚刚那轰隆一下正是黑助干的好事。

"哟，还能使唤雷兽呢。"

一旁看戏的神秘人一眼就看破了黑助的真身。虽然手下被击倒了，但他看起来毫不慌乱。

"不过这只雷兽似乎还不大成熟。"

确实，黑助还很不成熟，雷电的威力顶多就是让妖怪昏迷的程度。对能轰平一整座城池的雷兽来说，确实有点难以启齿。

"黑助大人还小呢！"

"喵……"

第一章　妖怪改方　[019]

统子反驳道。黑助则发出了沮丧的声音，似乎十分在意神秘人说的话。作为一只妖怪，长得跟黑猫一样，还被人说不成熟，它看上去十分失落。

"等长大了还会变得更厉害的！"

统子安慰道。

不过现在没工夫管黑助的心情，敌人还站在面前呢，刀弥对神秘人架起刀来。

"纳命来吧，善鬼！"

作为妖怪改方的一员，绝不能放过善鬼这个叛徒。

"呵，你就凭那点本事来跟我打吗？"

神秘人边说边将手按在了刀柄上。

但这时，有人来碍事了。

"喂，你们在那儿做什么？！"

似乎是被黑助的雷声惊醒的附近居民，从四面八方聚集了过来。

"看来你捡回了一条命。"

留下这句话后，神秘人便消失无踪。

"呼……"

刀弥松了口气，虽然放下豪言对人说"纳命来吧"，但也明白自己其实完全不是他的对手。

刀弥真想直接躺到地上，但并没有那个时间，听声音应该还有更多的人正在跑来。毕竟是打了雷，造成这般骚乱并不奇怪。

"快看，那边好像有什么东西！"

面对接踵而来的人们，刀弥觉得解释过于麻烦，又不希望引起恐慌。

"总之先跑吧。"刀弥低声说道，统子跟黑助点了点头。

"黑助大人，我们也跑吧。"

"喵。"

于是少女和黑猫丢下刀弥，拔腿就跑，也不管被雷击晕的落武者，很快就没有了踪影。

"真受不了她们……"

刀弥嘟囔完，将不省人事的落武者抬了起来。

"嗯？"

地上有个什么东西，似乎是刚刚的神秘人落下的。

刀弥将其捡起来，是个刻着狐火花纹的印笼。

四

江户是武士、工匠和家仆聚居之城，住在这儿的女人极其少。而且大多数居民都住在长屋 [1] 里，房间很小，没有能做饭的地方。

由于大多数人不自己做饭，江户的饭堂数量极多。统子家也是其中之一，店名为"稻亭"。

经营稻亭的是统子的母亲阿园，三十多岁。她家的土地跟房子相当宽阔，其中一部分改建成了一膳饭堂 [2]。

遭遇神秘人后过了几天，刀弥来到稻亭用餐，脑子里尽是那天袭击他的男人的事情。

（那个印笼到底是怎么回事？）

那个印笼可不一般，刻着狐火花纹就说明属于妖怪改方，但它居然由妖怪改方以外的人带在身上。

"真叫人搞不懂……"刀弥不自觉地自言自语起来。

按理说善鬼在妖怪改方的时候还没有这种印笼，因此袭击刀弥的男子有可能不是善鬼。

换个角度想，敌人持有妖怪改方专属的印笼，那就说明……

（有内鬼。）

如果真是这样的话，那就不能把落武者带回妖怪改方的宅邸了。一番考虑之后，刀弥将他带来了稻亭。

---

1. 指江户时代租金较低的集合住宅。长条状的平房分隔成若干户，卫生间共用，没有澡堂。

2. 大众食堂的一种，价格亲民，菜单多为定食。

对于稻亭，刀弥还是比较放心的。

从统子的名字也可以看出，她和阿园都是武士门第[1]之女。

统子的父亲名为笕三十郎，也就是妖怪改方之前的长官，跟刀弥的父亲是至交。

刀弥的父亲在他幼时就去世了。他当时还不懂事，不知道父亲因什么而去世，也从来没有人告诉过他。

到他懂事的时候，已经被笕收养了。从刀弥年少开始，笕三十郎就对他进行从剑术到制服妖怪在内的种种训练。但不管刀弥如何拼命练习，始终都不及笕的三分身手。

而善鬼，则是那个笕三十郎的心腹。

笕退出妖怪改方，妖怪改方又被打发到深川去，善鬼十分不服，便也离开了妖怪改方。

差不多同一时间，笕由于某起事件丢了性命。

笕的膝下没有男丁，统子又年幼，他去世之后没有人支撑这个家。

但他的妻子阿园并没有就此放弃希望，在生活没有着落的时候开了这家饭堂，并逐渐将它经营得有声有色。

笕三十郎生前对刀弥说过这么一句话：

---

1. 当时名字以"子"结尾的多是武士、贵族或公家的女性，庶民一般不用这种名字。

第一章　妖怪改方　【023】

"等统子长大，就托付给你了。"

所以说刀弥其实是统子的未婚夫。

按理说刀弥是得好好照顾统子的，但统子似乎没必要受人照顾，毕竟她可是笕三十郎和阿园的女儿，而且身边还有一只雷兽。

（总觉得放着她不管也不会出什么事……）

刀弥作为妖怪改方的一员，时不时思考关于雷兽黑助的事情。从前几天一下子解决落武者就可以看出来，这小家伙体内蕴藏着不得了的妖力。

——等长大了还会变得更厉害的！

统子的这句话在刀弥脑海里挥之不去。

突然有人打断了刀弥的沉思：

"发什么呆呢？赶紧吃饭吧，肚子都快饿瘪了！"

是另一只妖怪——刀鬼在催促刀弥。

接着就传来黑助"喵喵"的叫声，统子也一并出现。

记得黑助从很早以前就住在稻亭里了，但到现在身体也就跟小猫一样大。

几年前，突然有一道雷落在稻亭的庭院里，众人凑过去之后，只看到这小家伙"喵喵"地叫唤着。

"才不是猫，是雷兽大人！"

"喵！"

这时候黑助都会摆起架子来。

统子所言不虚，黑助并不是猫，而是名为雷兽的妖怪。

虽然外表上看起来跟一只黑猫没两样，但其实黑助肚子上有一撮白毛，形状像一道闪电。

按统子的话说：

"这就是雷兽大人的证据！"

不愧是笕三十郎的女儿，对妖怪的事情十分了解，经常跟刀弥讲解雷兽的知识。

"雷兽大人可是很了不起的！"

"喵！"

作为能自由操纵雷电的生物，在无数妖怪之中似乎确实是很不得了。

"欸——"

虽然亲眼见识过它击倒落武者，但刀弥还是觉得不可思议。黑助看上去不过是只胆小的黑猫，给人感觉战斗力还不如随便哪里的野猫呢。

"一点都不弱。"

"喵。"

"黑助大人很厉害的。"

"喵。"

"很了不起的。"

"喵。"

"而且，还很可爱！"

"喵——"

喵来喵去的吵死了，想辩解自己不是猫的话，至少别一直喵喵叫啊！

"喵。"

好像没有办法……

刀鬼对雷兽搭话道：

"喂，黑助，最近过得怎么样？"

"喵。"

"你小子好像肥了不少啊。"

"喵？"

"看上去挺好吃的。"

"咪……喵嗷……"

"阿园小姐，能给我来道慢火烤黑助吗？"

"喵！"

这两只妖怪似乎关系不错。

"简直像兄弟一样。"

如果是的话，那就是坏心眼的哥哥和温顺老实的弟弟。

"才不像呢。"

统子一边说一边上菜。

"今天是盐烤秋刀鱼，建议挤上酸橘汁一起吃。"

刀弥立马拿起筷子开动了。

"好好吃！"

秋刀鱼本身就十分新鲜，而且还是用大火在短时间内烤出来的。

"还有秋刀鱼刺身。"

统子又端出来一盘。

"这个也好好吃！"

虽然稻亭开在比较偏僻的地方，但特地过来光顾的客人还是络绎不绝。即便是饭堂遍地的江户，花这点钱就吃得饱的店也没有几家。

况且还特别好吃。

稻亭的东西一直都很美味，今天尤其如此，刺身切得堪称艺术品。

"你们请了很厉害的厨师吧？"

"不愧是刀弥大人。"

统子有点惊讶。

"确实是这样，让我向刀弥大人重新介绍一下。"

重新介绍？

所以说是认识的人？刀弥有种不祥的预感。

"难道说你们让那家伙……"

还没等刀弥说完，统子就点了点头。

"快过来，让你见识一下我们新聘请的厨师长。"

说着统子就拉着刀弥的袖子要去厨房。

虽然刀弥不大想，但似乎不得不见识一下。

"正好，他在切鱼。"

于是刀弥在稻亭的厨房再次见到了那个家伙。

在这宽敞得可以说是浪费的厨房里，一个似曾相识的身影正熟练地切着鱼……

"在下，出马了！"

"他在被黑助大人用雷击倒之后好好地反省过了。"统子说道。

切鱼的正是落武者。

"他现在很卖力地在工作哦！"

不知为何刀弥觉得落武者有点可怜……

阿园也来到厨房里，叉着双手看落武者干活。

"妖怪们可爱干活了。"

她对刀弥说。

"阿园小姐，爱干活是指……"

"一直求着我雇他们来干活呢，似乎就是单纯喜欢干活。"

绝对是在说谎。

阿园随意使唤妖怪的癖好可不是最近才有的，眼前还有刀弥之前寄放在稻亭的鬼火，卖力地烤着秋刀鱼……

"那是鬼火小玉哦。"

似乎还擅自帮妖怪起了名字。

"我提拔他当烤手了。"

阿园所谓的"烤手"，就是字面上的意思，专门负责烤鱼。说是提拔，其实一分钱酬劳也没有。

"大家都很喜欢干活哦。"

只见统子也叉着双手，样子简直跟阿园一模一样，不愧是母女。

顺便一提，在这里干得最辛苦的是个河童，他满头大汗地跑来跑去，一会儿洗碗，一会儿搬鱼，忙得不可开交。

"九助是杂役。"

"这样啊。"

刀弥想不出其他回应。

"刀弥大爷！"

九助啪嗒啪嗒地跑到刀弥身边，泪洒当场。

第一章　妖怪改方　[029]

"这位老板娘啊，简直把我们妖怪当奴隶在使唤。"

就算他这么跟刀弥说，刀弥也做不了什么，没有人敢反抗阿园。

"唉……加油。"说着拍了拍九助的肩膀。

如果替他打抱不平，估计以后就换成他去河里为稻亭抓鱼了，那可不得了。

"总会有好事的。"

刀弥敷衍地安慰了一下九助之后，回到了自己的座位。

就装作什么都没看到吧，刀弥想着。

— ＊ — ＊ — ＊ — ＊ — ＊ —

这时候，一张新面孔走进了稻亭。

虽然地处深川外围，但怎么说也是个饭堂，有新客人到来并不新奇。

然而这个客人十分惹人注目。

"这家伙是我的同类吗？"

这男人面相之凶恶，仿佛厉鬼一样，连刀鬼都忍不住瞪大眼睛端详他。

如果是普通的女人，看到他估计会吓得叫出声来，但阿园似乎还挺中意这个三十岁上下、浪人模样的男人。

"夜之介先生，欢迎啊。"

阿园十分温柔地说。

"挑您喜欢的座位坐吧。"

"喵。"

统子和黑助似乎也很欢迎这个鬼面男。

夜之介虽然长得吓人，但看起来不像会干坏事的样子。

"老板娘，可否给我来杯酒？"

他点菜时用的是像武士一样的措辞，吃鱼时总是"好吃好吃"地称赞个不停。

由于两人都经常光顾稻亭，夜之介也已经跟刀弥熟络了起来，在店里见到都会向他打招呼。

"刀弥，一块儿喝酒不？"

几乎从第一次见面开始就被夜之介直呼名字，但刀弥倒也不反感。

"看来真的不是厉鬼。"

刀鬼总说夜之介是厉鬼，不过倒也不讨厌他。

这夜之介也有有趣的一面。他虽然特别好酒，但似乎不胜酒力，每次喝酒都会很快就满面通红，然后睡死过去。今天也不例外。

"睡着了呢。"

"喵。"

"黑助大人要小声一点哦，他一定很累了。"

"喵……"

居然被小姑娘和黑猫关心了一番。

虽说客人在店里面喝醉有可能会影响生意，但阿园并没有将夜之介撵出去。

"作为鬼来说还真是有点可爱。"阿园微笑着道。

"话说他该不是看上老板娘了吧？"

刀鬼寻思着。

阿园虽然已经三十多岁了，但外表看起来比同龄女性要年轻得多。被她那仿佛蜕过皮一般的白皙肌肤和乌黑秀发给迷倒的男人不在少数，甚至有不少人为了见阿园天天光顾稻亭。

"话说妖怪改方里头也有个喜欢阿园小姐的家伙。"

那人叫泽村小平太，三十多岁，是个鳏夫，同时是刀弥的前辈，精通火枪。泽村总是放着妖怪改方的工作不管，一天往稻亭跑好几趟，不顾众人眼光向阿园求爱，要她嫁给自己。

"真是个烦人的家伙。"

不知道是不是因为刀鬼的声音太大，夜之介醒了过来。他似乎没有睡得多迷糊，睡眠像猫一样浅。

"居然还有这种人？看来受欢迎也不是什么轻松的事呢。"

夜之介突然加入对话。

"人家只是开玩笑而已哦。"

阿园耸了耸肩。不愧是当老板娘的，绝不会说顾客的坏话，真是个宽宏大量又深谙人情世故的女人。

"哪有人看得上我这带着小孩的寡妇呢。"

"我就看上了。"

夜之介立马回答道。

阿园笑了起来：

"我会当真的哦，夜之介大人。"

"尽管当真。"

夜之介一脸认真的样子。

"夜之介大人要变成统子的爸爸了吗？"

"喵？"

统子和黑助一脸疑惑。

就算是认识阿园许久的刀弥，也搞不清她刚刚哪句是真心话，哪句是开玩笑。如果有人把他们之间的对话当真也一点不奇怪。

还真有这样的人。

就在谁都没注意的时候，店门口站了一个男人——例行来向阿园求爱的泽村。

第一章　妖怪改方　【033】

"你们竟敢把我当傻子？！"

泽村看起来十分生气，丢下话就走了。

五

第二天。

结束巡逻的刀弥回到妖怪改方宅邸后，马上被仁科叫了过去。到了现场，发现妖怪改方的与力、同心早已齐聚一堂。

"他怎么看起来跟几天没吃饭似的。欸，这摆着张臭脸的人是仁科没错吧？"

印笼中的刀鬼嘟囔道。虽然刀鬼说的话有点过分，但仁科此时确实摆着一张吃了臭虫似的脸。与其说是几天没吃饭，倒不如说是乱吃东西导致肠胃不好更贴切一些。总之跟平时的仁科比，脸色相当难看。

"冬坂同心，"仁科郑重地开始讲话，"听说你经常出入一家名为稻亭的饭堂，可有此事？"

"是。"

刀弥倒是没打算隐瞒，但明明仁科自个儿也经常出入，两人还一块儿去过。

"看来这家伙果然是饿得神志不清了。"

又传来了刀鬼的声音，它偏偏认定仁科是由于饿肚子而丧失了理智。

"确实经常出入，有什么问题吗？"

总之先反问着试试看吧。不过仁科并没有直接回答，而是又问了新的问题。

"听说稻亭里有雷兽，可有此事？"

"有倒是有。"

按理说这事情仁科也知道啊，他还因为被黑助的尾巴绊倒而摔过跟头呢。

"雷兽是极其危险的妖怪，很有可能危害江户治安。"

"危险？不会吧。"

"你凭什么说不会？"

"黑助可不是那种会危害江户安全的妖怪。"

"你凭什么如此断言？"

见过它的样子不就知道了。

"黑助不过是只胆小如鼠的黑猫罢了。"

"那也只不过是外表吧？"

仁科继续咄咄逼人。

"即使现在没有危害，谁又能保证将来不会呢？万一落入善鬼手中，成了为害一方的妖怪，你能担得起那责任吗？"

"那种事……"

刀弥一时语塞。虽然想说不可能，但他哪担得起。

现在的黑助还十分年幼，在雷兽中可以说是像婴儿一般。而且听统子说，它从不胡乱唤雷。

但实在要说的话，谁也不能百分之百保证它今后也这么安分下去。

"哎呀，他说得也没错，黑助也会长大。毕竟雷兽也是生物，是会有所改变的。"

刀鬼很罕见地对仁科的话表示同意。

雷兽也是会有所改变的。

更何况，江户还有个名为善鬼的恶党。

倘若善鬼真的操控了长大的黑助，那岂止是江户大乱，整个幕府都有可能沦陷。到时候，恐怕包括刀弥在内的任何人都阻止不了黑助。

"毕竟雷兽又不是什么半吊子妖怪，唤出去的雷可收不回来。"

未雨绸缪。确实也是这个道理。

不过，事到如今才说这些话？仁科明明很早以前就知道稻亭里有黑助的存在，然而到现在才成了问题？刀弥实在搞不明白。

"可是，为什么？"

也不用等刀弥把问题说清楚，仁科就明白他想说什么了。他倒是不遮遮掩掩的。

"有人往上头告发了，将写有雷兽存在一事的书信投入了意见箱，没办法放任不管。"

意见箱？

这下可大事不妙了。

"想不到这种事也有人向将军打小报告。"

刀鬼气愤地说。

投入意见箱的书信都会由将军亲自过目，妖怪改方是无法坐视不理的。

"究竟是谁干的这种事？"

按理说书信是有署名的，仁科肯定知道，但并没有回答。他的视线从刀弥身上离开，对其他手下吩咐道：

"听着！有活干了，谁也不准闲着，全部出动！"

"啊？"

与力、同心们纷纷走出宅邸。

雷兽这种妖怪可不是闹着玩的，妖怪改方似乎打算让与力、同心全员出发前往稻亭。

但看来刀弥并不算在这个全员之内。

第一章　妖怪改方　　[037]

"你留在这儿看着大本营。"

仁科也没等刀弥答应便走出门去。

"等等……"

刀弥正要追上去，突然有个人抓住了刀弥的肩膀。

"该等等的人是你吧。"

"长官都吩咐你看家了，不是吗？"

是个令人不快的声音。不知什么时候，泽村小平太站在了刀弥身后。

"现在无论你干什么也于事无补了，毕竟已有人向将军大人告发了。"

说完泽村不怀好意地笑了起来。

看到那笑容，刀弥马上明白了。

"写信的人是你吧？"

"是又如何？不是又如何？"

泽村似乎丝毫不怕被识破。

"呵呵，作为妖怪改方的一员，向上级禀报妖怪的动静有什么不对吗？"

要说没错，那自然是没有错。但这个男人向上级禀报的目的肯定不是抓捕黑助。

"你是想看到阿园小姐哭泣的样子吧？"

看来泽村是由于之前的事情而想要进行打击报复。

"真是个无药可救的混账。"

刀鬼咂嘴道。

"随你怎么说吧。"

泽村搪塞了刀鬼，便转过身去。看他那样子，仿佛是想把刀弥也加到狩猎清单中去。他脸上依然挂着那阴险的笑容，往妖怪改方的刀具间去了。

"这下事情可变得不大好办了啊。"

不用刀鬼说，刀弥也知道。凭那胆小如鼠的黑助，肯定斗不过妖怪改方。万一被抓起来关进牢里，最坏的下场恐怕是被直接处决掉。即使万一的万一，黑助侥幸打败了妖怪改方，也会由于与幕府手下作对而被迫离开稻亭，甚至殃及阿园和统子。

"可恶。"

刀弥跑了出去。

"你想干吗？"

其实刀弥自己也不大清楚自己究竟想干吗，他只知道自己不能对黑助、阿园和统子的事情坐视不管。

当初笕对他说过："以后就交给你了。"

这是他跟笕三十郎之间的约定，他必须保护好笕的家人。

就算被赶出妖怪改方，刀弥也必须保护稻亭。

第一章　妖怪改方　　[039]

六

一大群人出发去捉妖怪还是挺费时间的。

刀弥早早地赶在妖怪改方之前抵达稻亭。夜之介则早早地在这里喝酒了。

"这么慌张干吗？气喘吁吁的。"

"不好了，出大事了！"

"哦？"

明明不知道出了什么事，夜之介却还是点了点头。

"不管出了什么事，边喝酒边说吧，正好鱼马上就要烤好了哦。"夜之介悠闲地说。

"夜之介先生，现在可不是喝酒的时候，你赶紧回家吧！"

刀弥可不想将这个平易近人的浪人也牵连进来。

"我这才刚坐下呢，饭都还没吃。"

夜之介一脸不情愿地说着。

"这时候哪还顾得上吃饭！"

听到刀弥大喊大叫，阿园从厨房里走了出来。

"叫嚷什么呢？"

语气听起来像是在责备他们。

"吓统子一跳。"

"喵。"

统子和黑助也皱紧眉头。

"不好好解释的话，他们不会清楚的吧？刀弥。"

正如刀鬼所说，无论刀弥多么焦急地大喊大叫，都无济于事。

刀弥深呼吸一下，说道：

"事情是这样的……"

然而当他打算解释的时候已经晚了。

"嗯？外面好像有许多脚步声。"

夜之介打断刀弥的话，皱起眉头来。

"看样子来了。"

刀弥往一片漆黑的店外面看去，只见一盏盏雕刻着狐火花纹的高杆提灯接连出现。不一会儿，稻亭四周已经被妖怪改方的人给包围了。

如果是町奉行所的话，只需要与力跟同心到抓捕现场，与力负责下令，同心负责抓捕工作。但妖怪改方则不一样，他们的规模要比奉行所小很多，一般来说长官也会亲临现场，与力和同心的职责几乎没有任何区别。

"哟，整个妖怪改方都齐聚一堂了呀。"

而且是全副武装。

妖怪改方成员们的装备整齐划一：外面穿着锁子甲，里面缠着袢缠[1]，挂着白襷[2]，头上甚至还裹着带锁子的缠头布。为方便行动，下半身穿着股引[3]和绑腿带。刀、枪乃至火枪也是每个人都带着的。

这时候响起仁科甚吾的声音：

"老老实实将雷兽交出来，这是上头的旨意！"

"切，什么上头的旨意。"

刀鬼咂了咂嘴，突然想起什么似的看向旁边的黑助。

"喂，黑助。"

"喵？"

"咱们俩出去把那群家伙杀光吧。"

"喵喵喵？"

"杀光妖怪改方哦，想想不觉得很刺激吗？"

"咪……喵……"

听到刀鬼这可怕的提议，黑助尾巴缩成了一团。

"那帮家伙算个屁。你小子只需要打个雷，把他们变成黑炭就完事了。"

刀鬼继续怂恿道。但胆小的黑助哪干得出这种事，光是想

---

[1]. 一种短上衣。

[2]. 交叉绑在上半身的白缎带。

[3]. 一种细筒裤。

想，它就吓得直哆嗦。

这时候统子制止刀鬼道：

"快住口，黑助大人很害怕。"

"……喵。"

"现在可不是害怕的时候！"

刀鬼大叫道。但统子并不退让，一边袒护着黑助一边说：

"我们都还不清楚是什么情况呢。"

"你看看外面就知道了。"

这确实是搞清当下处境的最佳方式。

"明白了，我去看一下。"

"喵。"

统子和黑助一起拨开暖帘¹往外看。

"小心点，雷兽出来了！"

仁科这么一喊，搞得妖怪改方的人十分紧张。他明明清楚
黑助是什么性格，却还是怕得要死，以为黑助要来攻击他们了。

"这可怜的家伙真是老样子。"

不过再怎么害怕，妖怪改方好歹也是全副武装，有几个人
直接拔出了刀来。

---

1. 挂在店门口的门帘，上面一般印着店名，打烊的时候通常会把暖帘收起来。

第一章　妖怪改方　[043]

看到他们这样子，阿园叹了口气道：

"请不要在这里拔刀好吗？我们还要做生意呢。"

说是做生意，其实现在只有夜之介一个顾客。

明明身处被妖怪改方包围的情况下，夜之介还是毫不慌乱地透过窗户缝隙端详着外头：

"哇，他们的打扮看上去特别重啊。"

夜之介事不关己似的自言自语着。完全搞不懂这个男人究竟在想什么。

"我听说妖怪改方抓妖怪只有上半身需要装备，然后带把刀就行了，原来是骗人的？"

居然连这都知道。

确实，一直到笕三十郎辞去长官为止，妖怪改方的标准装备同夜之介说的一样。

可当文弱的仁科甚吾成为代理长官之后就不一样了。与力、同心之中又尽是一些连妖刀和印笼都使唤不来的人，于是妖怪改方的装备变成了跟奉行所执勤时所穿的一样。

"不过毕竟是出来抓妖怪的，穿得厚实一点也是应该的。"

夜之介继续呆呆地看着外面。

"实在太蠢了。"

刀鬼一边看着黑助一边说：

"这群人是怎么想到用锁子甲来防雷兽的？"

做事情完全不过脑子。

"真是一群蠢蛋啊。"

夜之介叹了口气之后看向阿园，问道：

"老板娘，你这儿有没有面具？"

真是个突兀的问题。

"面具？你要那东西干吗？"

"当然是拿来戴了。"

"拿来戴……"

阿园感到十分奇怪，夜之介的回答令她更摸不着头脑了。

"总之如果有的话麻烦借我一下，一个就行。"

这时候回答他的是统子和黑助：

"有面具哦。"

"喵。"

一人一猫走进里屋，拿出一个看上去像是在夏日庆典上买的面具。

"是个厉鬼的面具。"

"喵。"

阿园忍不住笑出声来：

"你们让夜之介先生戴厉鬼面具？"

第一章　妖怪改方　　[045]

"感觉应该特别合适呢。"

"喵。"

一个个尽是些不知道慌乱的家伙，刀弥在想这些人究竟是胆子太大还是单纯神经太粗。

要是平时也就算了，现在的状况可不是说着玩的，看妖怪改方那架势，感觉随时都会杀进稻亭。

（如果真变成那样，除了动手也没其他办法了。）

刀弥做好了赴死的觉悟。

虽说对手是弱得不行的妖怪改方，但好歹也是幕府的下属机关，跟他们兵刃相向的话，刀弥可不觉得上头的人会对他善罢甘休。他很清楚，自己一旦动起手来，轻则被逐出妖怪改方，重则切腹谢罪。

但即使这样，他也不能放着笕三十郎的妻女不管，因为她们肯定也不会放着黑助不管。

"刀弥大人，你要干吗？"

"喵？"

统子和黑助注意到刀弥站起身来。

"别担心，我只是去跟他们谈一谈。"

刀弥在说谎。这可不是谈一谈就能解决的事情，一旦走出这个门，他很有可能这辈子再也回不来了。

"总之我先出去一下。"

就在刀弥将刀别到腰间，准备出去时，夜之介抓住了他的肩膀。

"别去。"

他已经戴上了厉鬼面具。

"我很欣赏你的胆识，但你不应该死在这里。"

说着硬是将刀弥按回了座位上，夜之介的力气大得刀弥无法抵抗。

"我稍微出去一下。"

这下换成夜之介朝店门口走去。

"你究竟想干吗？"

"当然是代替训练不够的人去训练一下外面那帮家伙咯。"

"欸？"

这句话好像在哪里听过。

"难道说……"

"总算察觉到了吗？"

刀弥仿佛能看到此时面具后面夜之介的笑容。

"你就是犯人？！"

这个夜之介，正是从妖怪改方宅邸的地牢将落武者劫走，事后又袭击了刀弥的男人。

"哈哈，别露出这么可怕的表情嘛。"

第一章　妖怪改方　**[047]**

夜之介大笑起来。

"这可不是什么好笑的事情！"

正如刀鬼所说。能够随意摆布落武者，并在剑术上完全压制刀弥的男人，除了那个人以外想不到其他人。

"你到底有什么目的？夜之介先生……不对，善鬼。"

戴厉鬼面具的男人瞥了刀弥一眼。

"善鬼？你在说我吗？"

夜之介反问一声之后，他们的对话也到此为止了。

"快去把雷兽拿下！"

外面响起了一声怒吼。

妖怪改方朝稻亭过来了，一个个杀气十足的样子。

善鬼对妖怪改方，这简直就是世纪对决。听到骚动后，厨房里的落武者、鬼火跟河童九助纷纷跑了出来。

"黑助，现在你除了打个雷干掉这帮家伙，没有其他办法了。不这么干的话就要被抓走了哦。"

"喵……"

听了刀鬼的话，黑助这回居然点了点头。

应该是出于想要保护统子、阿园和稻亭的伙伴们的心情吧。黑助虽然是个胆小鬼，但它特别喜欢稻亭。它决定了，要像刀弥一样去战斗。

"不许！"

夜之介呵斥道。

"这件事情我去解决，待在这儿不要乱动。刀弥，你也是。"

不等众人回答，夜之介已经将刀别到腰间，走出了稻亭。

看到夜之介走出来，妖怪改方众人不禁慌乱了起来，仁科更是胆战心惊，不知来者何人，欲做何事。

"你……你是什么人？"

"敌人。"

夜之介一边回答，一边拔出腰间的刀来。

"你……你这是要跟我们动手吗？"

"动手？不过是想训练训练你们罢了。"

"你说你要什么什么我们？"

"连训练两个字都听不懂了吗？"夜之介轻蔑地笑了一下，大喊道，"不中用的官员们，我来当你们的对手了！"

夜之介的怒喝，响彻整个深川。

七

"你们全部一起上吧，不用觉得不好意思。"

"你确定不是在开玩笑？"

"噢？或者你想跟我一对一也可以哦。"

听到夜之介的话，仁科不禁笑了。

"全员一起上！"

"……你这家伙跟刀弥是不同意义上的有趣呢。"

"少废话！你今天别想活着走出这里！"

"但愿如此吧。"

夜之介与妖怪改方的战斗就此开始。

数十个与力、同心纷纷挥刀砍向夜之介，却没有任何人能动到他一根毫毛。

"腰部没使劲啊，要我教你怎么挥刀吗？"

夜之介一边与妖怪改方众人过招一边说道，不一会儿已经用刀背放倒了两三人。

"少嚣张！"

仁科虽然叫嚣着，但完全不敢接近夜之介一步，只是躲在人群里大声叫喊。

"这家伙真挺有趣的啊，当胆小鬼也得是身心经过磨炼的。"

夜之介对仁科发出奇怪赞叹的同时，手也没闲着，妖怪改方一个接一个被撂倒。

"喂，刀弥，看到了吗？"

刀鬼对刀弥说道。

"嗯，不是一般的强。"

自打他们开始战斗，刀弥的视线片刻也没有从夜之介身上离开过，他身手之强悍直叫人能看入迷，即使跟笕三十郎过招，夜之介恐怕也不见得会输。

"不是，蠢货，你看看鬼面拿的刀。"

"刀？"

刀弥这才仔细看了夜之介手上的刀。

"那是——"

是妖刀村雨。

按理说除了妖怪改方和善鬼，不会有人拿着村雨。而妖怪改方的与力、同心中并没有夜之介这号人物，那么剩下的可能性只有一个——他就是善鬼。

"居然能使唤村雨。"

刀鬼不由称赞起来。

令人惊叹的还不止这一点。

"他一直用刀背在攻击，而且一下也没被打到过，肯定还是放了水的。"

确实，谁也没能砍中他。面对这般数量的对手，夜之介居然还能手下留情。

第一章　妖怪改方　　[051]

"跟传说中的善鬼可不大一样啊。"

刀弥觉得十分奇怪。

"敢跟妖怪改方代理长官仁科甚吾作对，你可真是胆大包天！"

"作什么对，你难道不是一直在逃跑吗？"

"呵呵，蠢货，你难道没听说过逃跑就是胜利吗？是我赢了！"

"那……那我确实是赢不了你。"

看起来完全不像是个坏蛋。

"难道说这家伙不是善鬼，而是——"

"砰——"的一声，刀鬼的话被打断了。

是火枪的声音。

"嗯？"

夜之介跟妖怪改方同时停了下来。妖怪改方以仁科为首，一个个露出惊讶的表情。

打破这片沉默的是开枪的人。

"过家家就到此为止了。"

泽村小平太端着火枪站在一边。

"你小子想干吗？"

"这还用说吗？当然是来结束这场闹剧的。"

"什么？"

"喂，别动哦，那个戴面具的家伙。你如果敢动一下，我就一枪崩了那个小姑娘。那边的年轻人也是，听到了没？"

泽村将枪口对准统子，同时威胁刀弥道。

"喵！"

黑助也跑了出来，但泽村不为所动。

"不管你是猫还是雷兽，都给我别动，你不希望这小姑娘有什么危险吧？"

泽村轻易地抓住了黑助的软肋。黑助当然不希望统子有危险，只好老老实实待着。

（畜生！）

现在这个距离，即使借助刀鬼的力量也还是太远了。而且对手是妖怪改方的人，想要在不被察觉的情况下召唤妖怪十分困难。一旦发现刀弥要使唤刀鬼的话，泽村很有可能会直接开枪，刀弥不能冒这个险。

"喂，泽村，过分了，快把火枪收起来。"

作为上司，仁科打算制止他。

如果他的目标是黑助或夜之介那还好说，但将枪口对准一个小姑娘，那可就说不过去了。

然而泽村置若罔闻，枪口继续对着统子，露出鄙夷的笑容对仁科说道：

"你给我闭嘴。"

"什……你说什么？"

"让你闭嘴你没听到吗？还是说你想让我崩了你？别像使唤手下似的使唤我，仁科大人。"

妖怪改方的与力、同心们也不知该如何是好，仁科让他们先退下了。

万事休矣。

这时，有个男人大笑了起来。

"哈哈哈，阿园小姐不搭理你，你就借此泄愤是吗？"

是夜之介。虽然戴着面具，但仿佛让人能看到他的笑容一样，将泽村嘲笑了一番。

"你快住嘴。"

仁科尝试打断夜之介。他不理会，继续说道：

"自己不受待见就迁怒于人，真是难看啊。"

说完叹了口气。

"你说什么？"泽村脸色为之一变，笑容消失了，气急败坏地说，"你再给老子说一次？"

说着他将枪口转向了夜之介。

"你要我说几次都可以。"夜之介毫不退让，继续说，"被女人甩了就拿出火枪来搞事的可怜男人，即便不受待见也别把自己弄得那么难看啊，会单身一辈子哦。"

"老子杀了你！"

就在泽村的食指即将扣动扳机时，统子大声喊道：

"黑助大人，趁现在！"

"喵！"

黑助叫声响起的下一个瞬间，"轰隆——"一道细小的雷电落了下来。

"呜哇哇啊啊啊。"

这声惨叫的主人是——仁科。

其实黑助并没有将雷打到仁科附近，他瞄准的是泽村小平太，雷也确实击中了泽村。

即便雷很小，但威力也不容小觑。地面被砸出了一个小坑，尘土漫天飞扬，仁科会发出惨叫声也算是情有可原。

再看那泽村小平太，保持举着火枪的姿势站着，一动不动。

"嚯，被雷砸中居然还能平安无事吗？"

"不好了，居然没有打倒他？！"

"喵……"

黑助的神经再次紧绷了起来。

"黑助大人，拜托你再来一次！"

"喵——"

第一章　妖怪改方　【055】

"等等，好像不对。"

刀鬼走到泽村旁边，用刀鞘轻轻碰了他一下。

"扑通——"一声，泽村倒在了地上。

"原来是直接保持站姿昏迷了过去。"刀鬼说。

八

然而事情并没有就此告一段落。泽村的事是一回事，夜之介对妖怪改方动手则是另外一回事。

逮捕泽村之后，仁科目光转向夜之介，命令手下道：

"抓住他。"

与力、同心们包围了夜之介。夜之介将刀放下，看上去仿佛要乖乖就范，没有任何打算抵抗的样子。

但正当他们要拿下夜之介时，夜之介突然怒斥道：

"没完没了了是吧，你们这群蠢货！"

声音大得仿佛要将夜里的片刻宁静打碎一般。

"你……你说什么？你说谁是蠢货？"仁科还嘴道。

"还没搞懂是吗？"

夜之介咂了咂嘴，将厉鬼面具取下。

藏在鬼面之后的，是另一张"鬼面"。

"感觉有没有戴面具都长得一样呢。"

"喵。"

统子跟黑助窃窃私语道。

而仁科在看到夜之介的脸后，惊讶得瞪大了双眼。

"难道说……"

看他那面如土色的样子，想必夜之介身份不凡。难道他真的是善鬼？

"仁科代理——"

"闭嘴！"

让刀弥闭嘴后，仁科走上前去。

本以为这代理长官打算亲自动手抓住夜之介，结果——

"是属下该死！"

仁科突然跪了下来，额头重重地砸在地上。

与力、同心们一脸疑惑。

"……仁科代理长官，这究竟是怎么一回事？"

刀弥一脸茫然地问道。

"什么怎么回事，全都给我把武器收起来！"仁科保持跪姿说，"这位就是前来赴任的妖怪改方新长官，早乙女夜之介大人！"

"果然是这样。"

第一章　妖怪改方　[057]

马上反应过来的只有刀鬼一个。

原来夜之介是妖怪改方的新一任长官，这么一来，从使唤妖刀村雨到持有印笼，全部都讲得通了。

"新长官大人……"

终于反应过来的与力、同心们也纷纷跪下，一个个同仁科一样面如土色。可以听到有不少人都在说着同一句话——"完蛋了……"

"这帮家伙估计要有好果子吃了。"

"这下糟糕了呢。"

"喵。"

刀鬼、统子还有黑助都不禁提前同情起了与力、同心们来。

对自己的上司兵刃相向，怎么想都不会被轻易饶恕，让他们切腹都算是好的了。

不过夜之介并没有打算追究他们。

"这次是个很不错的训练。"

夜之介说完便放声大笑了起来。

"训练？"

"妖怪改方的集体训练啊。大家不用担心，这次不过是我作为长官对你们进行的训练罢了，没有什么大不了的。"

如果是场训练的话，那么自然也不会对与力、同心们问罪了。

夜之介接着说道：

"关于稻亭的雷兽一事也到此为止吧，我会跟上头禀报的。"

虽然没有指明要跟上头的哪位禀报，不过作为长官，在幕府大臣面前应该还是有一些话语权的。

"好了，时间也很晚了，赶紧回宅邸去吧。"

夜之介的话到此为止。

"早乙女大人，感激不尽！"

与力、同心们的额头依然没有离开地面，夜之介也不理会他们，转过身来走回稻亭。

刀弥惊讶得从头到尾站着一动不动，这个鬼面男子对他轻轻一笑，说：

"总之就是这么一回事。今后也请多关照，冬坂同心。"

统子和黑助推开刀弥，替他回答道：

"请多关照！"

"喵！"

第二章

—

荒天狗

—

Chapter 2

一

"咔——咔——"深川外围某个茂密的杂木林中，回响着柴刀劈砍木柴的声音。

一个穿着仿佛山中行者的"男性"正在挥舞着柴刀。从他的长相看，不像是住在这儿的人。

毕竟，"男性"的真实身份是一只天狗。

天狗穿着高木屐，长着长长的鼻子，右手挥动柴刀，左手则握着把羽毛扇。就跟绘草纸[1]中画的半人半鸟的天狗一个模样，但有一点不同——他是黑色的。

浑身一片乌黑。

他过去被称为"鸦天狗"，现在则被称作黑天狗。说他是妖

---

[1] 雕版印刷的配有插画的通俗小说，受众主要是女性和儿童。

怪吧，其实更多时候被人们当作山神信奉着。

不知为何，这只黑天狗在深川外围杂木林中"咔——咔——"地劈砍着木柴。

附近的村民听到声音，纷纷聚集过来，不过跟他保持了一段距离。

"天狗大人，您在做什么？"

有个村民问道。

"盖房子。"

黑天狗在回答的同时，没有停下砍柴的手。

老百姓十分惊讶。

"盖房子？"

刚刚的老百姓又诧异地问道。

虽说深川是偏僻之处，但好歹也在江户境内，天狗作为山神居然会想要住在这种地方，真是闻所未闻。毕竟，山神自然是要住在山里的。

然而——

"我要定居在这里。"

黑天狗说。他的语气听起来不像是在开玩笑。

"您说的定居是指……"

大伙儿一时不知道该说什么好。黑天狗没有任何事先告知，突然就要住到自己家附近了，换成谁都会为此感到困惑。

"要定居在深川吗？"

居民生怕自己耳朵出了毛病，直截了当地再次确认道。

"没错。"

"这……这可……"

"我已经决定了。"

黑天狗不看众人一眼，继续"咔——咔——"地砍着柴。

二

"最近有件事很是困扰大家。"

"喵。"

刀弥去稻亭的时候，统子和黑助向他倾诉道。

"谈事情之前先来点吃的吧。"

说这话的是夜之介，他紧接在刀弥之后走进了店里，不过倒也不是跟刀弥结伴一块儿过来的。

"麻烦给我来杯酒。"

每次进门他都会先说这句话。

夜之介最近几乎每天都光顾稻亭，可以算得上常客了。

虽说对于外头挂着暖帘的店来说，谁都能自由出入。但对方是夜之介，这让刀弥还不大适应。

"欢迎光临。"

"喵。"

统子跟黑助围着夜之介转悠，刀弥立马被晾在了一旁。自从解决泽村小平太事件之后，夜之介在稻亭的声望可谓急速上升。

"夜之介大人真是靠得住。"

"喵。"

类似这样的话，他不在场时众人也没少说。

"相当厉害呢，那位老爷。"

连一向刻薄的刀鬼也这么称赞道。

不过对被晾在一旁的刀弥来说，这一切就不大有趣了。

"在困扰什么呢？"

刀弥问统子和黑助，强行把话题扭回来。那口气听起来就像被伙伴们排挤之后不大高兴的小孩子。

"天狗大人要搬到深川来住了。"

"喵。"

统子跟黑助回答道。

"那有什么关系吗？"

光是稻亭就住着不少妖怪了，如今再冒出个天狗搬到深川也不足为奇。

"十分固执呢。"

"喵。"

"固执？"

刀弥第一反应以为她们在说自己，但仔细想想似乎又不是。

"天狗大人执意要搬到深川来，大家都不知道该怎么办好。反正你们快过来一下。"

"喵。"

统子跟黑助扯着刀弥和夜之介的袖子就要往外走。

天狗新建的房子，就在距离稻亭步行约半刻钟的杂木林里。

房子外面挂着块木制门牌，上面刻着"黑天狗"三个字。

妖怪居然也会挂门牌，还真是头一回见识。

"他在想什么呢？"

刀弥皱着眉头说，百思不得其解。

妖怪的想法，自然得问妖怪才能知道，于是刀弥问了下印笼里的刀鬼。

"鬼才知道天狗在想什么。"

刀鬼稍微露了个脸说道，听起来感觉对刀弥爱理不理。这个回答跟没有一样，而且——

（你不就是鬼吗？）

"早知道就跟夜之介老爷待在稻亭了。"

刀鬼抱怨道。

夜之介现在还在稻亭喝酒呢。不管统子和黑助多用力都拽不动他，说了句"让刀弥去处理不就好了吗"，当甩手掌柜去了。

"话说这小屋还真是挺安静。"

听到刀弥的话，刀鬼愣了一下。

"小屋里除了天狗，没有别人，能有什么动静？"

感觉言外之意是"你小子是不是傻"。

听刀鬼这么一说还真是有点道理，换作是人类，没有和家人住一起的话房子里想必也十分安静，毕竟也没人可以一起聊天啥的。

正当他们说话时，走来一个龟户村的居民，驼着个背，头发已白了一半。简单描述的话——是个老伯。

老伯两手抱着许多食物。

"还真是带了不少东西。"

"看起来好重的样子。"

"喵。"

这老伯抱的食物实在太多，而且步伐还有点摇摇晃晃，令小姑娘和雷兽都不禁担心起来。

"感觉要摔倒。"

"喵。"

统子和黑助一脸担忧。

刀弥搭话道："需要帮忙吗？"

老伯没搭理他，脸上仿佛写着"不关你事"一样，马不停蹄地继续向天狗的小屋门口走去。

到了门口，老伯将食物"砰——"的一下放到了地上，用沙哑的声音喊道：

"黑天狗大人，请您收下我的一点心意吧！"

就在他那满是白发的头磕在地上时，小屋的门打开了。

"是天狗大人……"

"喵……"

走出来的正是长着长鼻子的黑天狗，瞪着眼睛端详老伯，一脸不满地问道：

"就你一个吗？其他人呢？"

老伯似乎要将白发头在地上摩擦一样，借口说道：

"大家都忙于农活，下次一定带上他们一起过来，这回还请您见谅。"

"你上次好像也是这么说的吧？"

"请天狗大人见谅，下次一定带大家过来。"

第二章　黑天狗　　[069]

"下次？哼，反正我也从来没有要你们来这里。"

黑天狗不屑地说完，转身回到小屋里。

就在他关上门之后，深川外围突然狂风大作，有不少树木被刮倒。很明显，这是黑天狗干的。

"果然特别固执。"

"喵。"

而且这股固执劲儿还让人感到十分为难。刀弥不由得叹了口气。

三

"从山上搬过来倒无妨，但完全不考虑江户居民的感受是吗？"

听了事情的来龙去脉后，夜之介总结道。

刀弥正想嘀咕说他明明什么都没干，却一副了不起的样子，但仔细想想他说的倒没有什么不对。

黑天狗原本住的山附近有个村庄，但随着江户的发展，村民一个个搬走，会去拜见山神的人也渐渐没有了。

"所谓神，就是要有人信仰才得以存在啊。"

夜之介说了句不怕遭天谴却又不无道理的话。

"没有人在身边，天狗大人一定非常寂寞。"

"喵。"

这点不论妖怪还是人都一样，谁都希望有人挂念着自己。

"所以就搬到城里来了呗。"

河童九助突然插话道。果然是"山之天狗，川之河童"，看来河童九助对天狗的心思还挺了解的。

"话是这么说吧……"

作为年轻人的刀弥琢磨着。倒也不是说江户居民没有信仰，只是他觉得这里应该没有人会信奉带不来切实利益的天狗。

"唉，毕竟人生在世，钱很重要。"阿园把刀弥想说的话先说了，"城里人应该不会去信奉天狗。"

虽说在江户有大把人信奉稻荷神社，但那是因为稻荷神社代表着现世利益。如果是山神的话，估计不会有人信奉吧。而且应该也不会有什么人闲着没事干亲自上门送供奉给天狗，毕竟江户早已遍地是寺庙和神社，没必要大老远地去天狗那儿。

"去拜见他的就只有那老伯一个人呢。"

"喵。"

统子跟黑助补充道。

"就一个老伯，那还不如没有的好吧。"

夜之介说。

（你快积点口德吧。）

刀弥听了这话，心里不大痛快。

刀弥的父亲本就是妖怪改方的捕快，而且自己的剑术师从妖怪改方前长官笕三十郎，成为像父亲和笕那样优秀的妖怪改方曾是他的人生目标。

然而现在的妖怪改方跟刀弥以前所想象的完全不一样，背地里总被人们揶揄说是一帮吃干饭的，不少幕府官员和百姓甚至都忘记世上还有这么一个组织了。

夜之介刚来赴任时，刀弥亲眼见证了他的活跃，十分期待妖怪改方能回到笕三十郎当长官时的巅峰状态。

结果这期待很快就落空了。

"腌白萝卜要想做得好吃，肯定不能腌太久。"

瞧这个夜之介，根本就一点干劲都没有。

明明有天狗这样的大猎物在眼前，却连稻亭都懒得走出去。

"就这样放着天狗不管合适吗？"

"嗯？除了放着不管，还有什么办法吗？"

"制服他。"

"那太麻烦了。而且人家也没干什么坏事啊，你去制服人家干吗？"

夜之介说。

确实，到目前为止，黑天狗还未伤过一个人。他搬家之后犯过的事，也就是吹倒几棵树罢了。而且就算百姓不去拜见，他也不至于因此去加害百姓吧。

"但是天狗大人有点吓人呢。"

"喵。"

统子跟黑助说。

"天狗的妖力可不同凡响。"河童九助补充道。

天狗不但能使用天狗砾[1]这种远距离武器，还能用羽毛扇刮起大风，是相当有威胁的妖怪。如果让他在城里搞起破坏来的话，那后果可不堪设想。

"果然还是做点什么比较好呢！"

"喵！"

就算听到这番话，夜之介也丝毫没有要起身的意思。

"随它去吧，随它去吧。"

就这么说着，一边吃腌白萝卜，一边吧唧着嘴。

（说到底还是个官老爷。）

看到夜之介将自己的提议置之不理，刀弥十分失望。

（居然还对他有过期待，我真是个傻子。）

---

1. 天狗投掷的小石头。古时传闻是天狗在惩治恶人，被这种石头击中的人会得病。现实中用来形容天上突然砸下小石头的现象。

第二章 黑天狗 【073】

刀弥有点恼火，蛮横地将刀别到腰间，站起身来。

"你要去哪儿？"

夜之介瞄了刀弥一眼。

"去制服天狗。"

刀弥不客气地回答道，言语中也直接将心中恼火表现了出来，说：

"我可不想当只懂得见风使舵的懦夫。"

这可不是下属能对上司说的话，毕竟长官跟同心之间的身份有着天壤之别。刀弥现在的口气听起来与其说是对长官发脾气，倒不如说是小孩子跟父亲闹别扭。

不过刀弥并不认为自己的口气有什么问题。

夜之介倒也没有因为刀弥的无礼而非难他，只是饶有兴趣地听着他的话。

"就凭你那把'锈迹斑斑的刀'，能制服得了吗？"

说完龇牙咧嘴地笑了起来。

"嗯……"

刀弥没办法还嘴。说到底还得怪自己平时训练得不够，剑术上确实"不大锋利"。

虽然他对这不负责任的夜之介感到十分不满，但论剑术自己肯定是个手下败将，夜之介想要打败他就跟扭断小孩子的胳膊一样简单，因此刀弥即便被他奚落也没有任何还嘴之力。

"听说天狗的剑术相当厉害哦，你的身手嘛，我估摸着是敌不过他的。不想送死的话，我劝你还是收手吧。"

"即使对手是天狗，我也不会输。"

刀弥说完这句话后，扭过头去，小声念叨道：

"我一个人制服他给你看。"

然后将印笼放在了板凳上。

"刀弥大人，很危险的哦。"

"喵。"

刀弥听到统子和黑助的话也没回头，气冲冲地走出稻亭，朝黑天狗住处走去。

"真是的，不管是天狗还是刀弥，都不让人省心啊！"

被晾在稻亭的刀鬼叹了口气说道。

四

历史上能被称为"战斗天才"的人，从源平[1]的年代开始

---

1. 生活在平安时代的贵族，活跃于公元 800 年前后，具体生卒年不详。

数，也不超过三个。

而传说教导其中一人——"牛若丸"源义经[1]剑术的，是当时居住在鞍马山的天狗。

天狗所用的剑术，乃堪称当代剑术本源的"京八流"，搬来江户的这只黑天狗也是这个流派的。刀弥即将面对的妖怪可以说是个剑术大师。

刀弥对着黑天狗的小屋大声喊叫道：

"黑天狗，你被逮捕了，快乖乖就范！"

虽然说人家"被逮捕了"，但实际根本就没有上级的许可，可以说跟小孩子吓唬人没什么两样。

"什么事？"

黑天狗的声音听起来不大高兴。

不知道为什么，黑天狗在小屋周围点了篝火。深夜中，整片杂木林只有这里发出亮光，看起来像是凭空降临的城寨。

"我是妖怪改方同心冬坂刀弥，你被逮捕了！"

刀弥再次大声地向黑天狗喊道。

"妖怪改方？同心？那是什么东西？"

感觉向来在深山老林中生活的黑天狗是真不知道。

---

1. 源义经（1159—1189），日本平安时代末期著名武将，幼名牛若丸。

"是制服危害人类的妖怪的人。"

"危害人类？你是在说我吗？"

黑天狗听起来更不高兴了。

明明是希望能有人信奉自己而搬来江户，结果来串门的只有一个老头子。现在又不知道从哪儿冒出来个自称妖怪改方的狂妄小子说他危害人类，换了谁都会感到不爽。

黑天狗板着张脸说：

"小鬼，我劝你马上退下。"

"退下？"

"我要睡了，没空理你，快回去吧。"

说着就转过身去，完全不把刀弥放在眼里。

如果就这样打道回府，那刀弥可就在夜之介面前出大糗了。

"妖怪，别想逃！"

"锵——"的一声，刀弥将村雨拔出鞘来。

虽然怠于训练，手脚也不像夜之介那样麻利，但刀弥的剑术好歹是由曾名震江户一众妖怪的笕三十郎传授的，整个妖怪改方里除了夜之介，没人能跟他过得了招。

刀弥从背后朝黑天狗砍了过去。

"看招！"

刀弥气势十足。

"……"

但随之而来的是落空的感觉，让他不禁浑身打了个寒战。黑天狗的身影突然从眼前消失了。

"跑哪儿去了？！"

刀弥喊道。

如果刀鬼在场，可以凭借他那比人类敏锐好几倍的嗅觉告知刀弥黑天狗的方位。可惜他并不在，刀弥束手无策。

（太嫩了——）

那一瞬间，刀弥仿佛听到笕三十郎在对他说话。

"沙——"刀弥耳边传来疾风的声音。

还没等刀弥回头，风突然停了下来，一股冰冷的感觉落在刀弥脸上。

"呵，就这种程度吗？"

不知何时，黑天狗已经站在了刀弥身后。他脸上感受到的，是黑天狗冰冷的刀锋。

刀弥连话都说不出来。实力差距比他想象中还要大上许多，他甚至连黑天狗的动向都捕捉不到。

"不过依然让人很火大。"黑天狗自言自语道，"搬来这里，只不过是希望能有信徒。结果不知从哪儿冒出这么个蠢货来，不识好歹也得有个限度！"

能将这话说出口，看来黑天狗是真的生气了，被刀弥说危害人类似乎是一大原因。妖怪同人类一样是有情绪的，黑天狗这才开始将自己的情绪表现出来。

"既然如此，那我就只能用力量……"

低语之后，黑天狗展开他那漆黑的翅膀飞上夜空，放下刀弥独自离去。

黑天狗离开之后，刀弥的身体继续抽搐着，完全动不了。

五

妖怪改方收到消息称黑天狗出现在江户的中心区域。

"看来他似乎有所企图。"

如今担当事务官的仁科甚吾等人光是听说这消息就已经觉得麻烦透顶了。要是事情发生在本所深川这样偏僻的地方，还可以睁一只眼闭一只眼不去理会，但在中心区域可没办法坐视不管。

更何况黑天狗还唤起狂风吹倒了不少房屋，甚至有传闻说他打算住进江户城里。

黑天狗确实在往江户城的方向走去，但移动得十分缓慢，倒不大看得出来是否有要定居其中的意思。

"莫非他想要搞个将军当当？"

夜之介说道，口气听起来饶有兴趣。

刀弥静静地看着他不说话，对这看热闹不嫌事大的夜之介，他已经连脾气都懒得发了。

被黑天狗击败之后，刀弥立马返回稻亭，将事情禀报给夜之介。

"实在是非常抱歉！"

刀弥磕下头来，已经做好了被处分的准备。不但违反命令，还让黑天狗跑了，即使夜之介叫他切腹也是理所应当的。

然而夜之介并没有责难他。

"这样啊。"夜之介就说了这句话，回到妖怪改方宅邸之后对刀弥的事情只字没提，与力、同心们对刀弥的失态也一概不知。

"姑且把天狗交给将军来对付似乎也不错。"

作为维护江户治安免遭妖怪破坏的妖怪改方的长官，居然说出这种话。不过从中也稍微可以听出他对当今幕府的不满。

"黑天狗的心情倒也不是无法理解。"

以前，天狗一直作为山神被信奉着，跟村民们相处得十分融洽。村民们能在山里过上安稳生活，也有一部分是拜这天狗大人的恩惠所赐。

但之后，人们为了过上更好的生活，纷纷抛弃山林来到城里，还为了伐木把山上的环境都破坏掉了。

"毕竟人类都只考虑自己啊。"

夜之介自言自语道。

挑战居住在江户城中的将军并取而代之这种事，要真说起来也不是什么天方夜谭。即使是受万人敬仰的将军大人，在黑天狗眼中也不过是个人类罢了。

"要让妖怪和人类相互理解还真是不容易。"

夜之介这句话瞬间戳中了刀弥。一口咬定黑天狗是危害人类的存在，二话不说便要去制服人家，他的行动完全只考虑自己。

"实在是非常抱歉！"

刀弥惭愧地低下了头，似乎进一步意识到自己的行为有多么愚蠢。

看了看他这副样子，夜之介说：

"那么出发吧。"

夜之介用慢悠悠的声音说完，不紧不慢地走了起来。

"出发？去哪里？"

发问的是仁科甚吾，他一脸摸不着头脑的样子。

"仁科，都这节骨眼了，你小子还在开玩笑？"

夜之介咧嘴笑道。

"真是非常抱歉。"

仁科道歉道。其实他没有觉得自己哪里不对，总之道歉就完事了。

"呵呵呵呵。"

"哈哈哈哈……"

两个人莫名其妙笑了起来。

笑了一会儿之后，夜之介神情突然又变得严肃，对妖怪改方的与力、同心们下令道：

"所有人都换上装备，现在出发去制服黑天狗！"

六

看到妖怪改方接近江户城，围观人群中传来一阵阵叫骂声。

"妖怪改方？事到如今你们还来这里做什么？"

"当然是做我们该做的事情了。"

"滚一边去吧！"

"就凭你们也对付得了天狗？"

骂声此起彼伏。

"还真是不受待见呢。"夜之介嘟囔道。

现在妖怪改方在百姓心中的地位跟笕三十郎当长官时没法比，那时候妖怪改方可相当受欢迎。

"妖怪改方赶紧滚回去吧！"

现在的氛围给人感觉随时会有石头扔过来。夜之介只能一直苦笑着，但人们依然骂声不断。

"不识好歹的家伙们！"

面对比自己弱的人，仁科甚吾此时就显得十分强势了，拔出刀来要示威。

按理说面对妨碍妖怪改方办案的百姓，大可以将其直接拿下，完全不必担心受到追究。仁科此时身上散发出与本人并不相符的杀气，看他的架势似乎真打算出手。

"放老实点，刁民们！"

夜之介拦住了他：

"这种时候就别臭显摆了。"

"但是——"

仁科看起来有点不满。

其实凭仁科那点本事，别说手无缚鸡之力的百姓了，哪怕放块豆腐在面前，大家都得怀疑他砍不砍得动。这时候，他应该只是想要抓住难得的机会，展示一下自己的武士风范吧？

第二章　黑天狗　**[083]**

"既然长官都这么说了。"仁科将刀收回鞘中。

"先稍微观望一下吧。似乎来了不少有趣的家伙。"夜之介说。

仔细一看还真是来了不少民间高手——剑术道场的师傅、相扑力士和流浪武士等,全都聚集于此。

"看来他们是打算自己制服天狗啊。"

确实如此。

首先走出来的是个身体健壮的男子。

百姓们纷纷欢呼起来:"哟,这不是雷阵吗?"

夜之介顿时来了兴趣。

刀弥也听说过这个人,他虽是名崭露头角的年轻力士[1],但已经击败了江户无数相扑高手。

"雷阵这家伙,说到相扑的话,可没人是他的对手。这回跟妖怪交手,那可有的看啰!"

"好家伙!"

"可让我们好等!"

"雷阵大人,替我们教训教训黑天狗吧!"

围观人群见状全都往前靠拢,为雷阵加油助威。

---

1. 力士是日本相扑选手。

能见识到年轻力士对阵黑天狗，群众的情绪自然是高昂得不得了。

"这家伙就当是开胃菜吧。"

夜之介一边等着看戏，一边说道。

反观雷阵，根本就不理会那帮起哄的人，仔细端详着黑天狗的一举一动。

"区区妖物也敢跟将军大人叫板，实在勇气可嘉。看在这分儿上，我雷阵大爷亲自来当你对手！"

雷阵同相扑时一样摆好架势，看那样子就像要跟天狗来一场相扑对决似的。

"那家伙是傻子吗？"仁科说。

黑天狗不但有妖力，还身怀足以教授义经程度的剑术。面对这样的对手，居然想凭相扑技巧来取胜，简直太过幼稚，只会跟夜之介说的一样，成为黑天狗的开胃菜罢了。

从结果来说，夜之介甚至还低估了黑天狗。

"哼。"

黑天狗长舒口气，将羽毛扇和太刀放到地上，也有模有样地摆好了相扑架势。

接着双方便不停吆喝着，看他们这副样子大家立马就清楚了他们要干什么。

第二章 黑天狗 [085]

"黑天狗这家伙，居然也打算用相扑跟雷阵对决！"

"明明是个妖怪，看他那样子还挺懂行的啊。"

"嚯，黑天狗，你这家伙也得加油啊！"

围观人群变得更加兴奋，此起彼伏的欢呼声淹没了刀弥的耳朵。

雷阵看到黑天狗扎好马步后顿时被激怒了，感觉自己作为相扑力士的尊严受到了侮辱，白色肌肤充起血来形成巨大对比。雷阵怒喝一声，向黑天狗扑去。

伴随着夸张的怒喝，雷阵右手朝黑天狗挥打过去。

"哼。"

黑天狗又舒了口气，完全没有要躲闪的意思。

雷阵准确无误地命中了黑天狗的脸。要换成普通人接下这一掌，肯定直接飞出去了，然而——

"呜哇啊啊啊！"

发出惨叫声的反而是雷阵。

"咔嚓——"一声，打在黑天狗脸上的右手折了。

"骨头都断了吧……"

围观人群不约而同地叹了口气。

反观黑天狗则一点事也没有。

"不出所料。"

夜之介叉着手说。

凭一掌就想伤到妖怪，何况还是妖怪中的强者黑天狗，未免也太天真了。如果妖怪真能徒手击败，那也不需要什么妖怪改方了。

在雷阵之后，剑术师、柔道师，甚至是阴阳师都上场了，但没有一个能打得过黑天狗。

"黑天狗还真是厉害啊，看来人类真没法比。"

"的确是个怪物啊。"

"哎呀，毕竟不是人类。"

围观人群的废话此起彼伏。

"哼。"

黑天狗将这些自认为有两把刷子的人统统打败之后，继续朝江户城前进。

说来也奇怪，天狗明明能飞，却只靠两只脚朝护城河缓缓前进。

"还挺从容不迫呢。不过反正也没人能拦得住他，没必要着急。"

就在夜之介耸肩时，传来了阵阵沉重的脚步声。

"咦，江户城那边似乎总算有反应了。"

这回出现在黑天狗面前的对手，是江户城的士兵们。

— ＊ — ＊ — ＊ — ＊ — ＊ —

"妖怪！快停下！"

士兵们对黑天狗怒吼道。

这批士兵是被称作战国时代最强军队——三河武士[1]的后裔。

数量超过百人的三河武士一律穿着全套甲胄，拿着火枪，队列整齐划一，俨然一支专业的火枪部队。

"哼。"

黑天狗又只是舒了口气，完全没有要停下来的意思，似乎连火枪也完全不放在眼里。

"居然敢小瞧我们！"

领头的武士看到天狗那样子十分不快，下令道："做好准备！"

"是！"

一百多个三河武士齐刷刷架起火枪来。

"不好了！"

"赶紧逃命啊！"

居民们见状纷纷抱头逃窜。

---

1. 德川家康的故国名为三河，他所率领的军队被称作三河武士，最终帮助他夺得了天下。

他们很清楚，双方一旦交战，武士们可不会管他们的死活。

"不快点跑的话就要被杀掉了！"

惨叫声此起彼伏。

然而，在这围观天狗的庞大人群中，想要轻易脱身是不可能的。这种时候，混乱只会引来更大的混乱，现场顿时尘土飞扬，连路都看不清了。

在这样的状况下已经看不清黑天狗的方位，但武士们完全没有要放下火枪的意思。

"事情变得棘手了。"

夜之介咂嘴道。

三河武士的目的是守住城池。为了达到这个目的，必要的时候牺牲一两百个老百姓并没有什么，因此即便视线被尘土阻挡，他们也会毫不犹豫地开枪。

"快住手！"

夜之介大声叫道，但完全无法阻止三河武士。

"开火！"

一百多支火枪同时开火，声音震耳欲聋。

这下子，尘土跟硝烟叠加在一起，更是什么都看不见了。

"别停下，继续开火！"

除了火枪之外，能听到的只有带头武士的下令声。火枪部队继续不间断地开了第二枪、第三枪。

"开什么玩笑！"

武士们肯定能听得到夜之介的声音，但依然不为所动。

这下子连自己都有被流弹击中的危险，刀弥不由得趴到地上。

江户城外响起了百姓的哀号声。

等哀号声完全消失之后，城里才传来命令：

"停手！"

枪声停下，飞扬的尘土和硝烟渐渐消散。

刀弥已做好看到一众尸体的心理准备，结果出现在他面前的，只有一个威严挺立着的身影——黑天狗。

他张开了漆黑的翅膀，站在百姓前面。他当然并不是毫发无伤的状态，无论是翅膀、脸上，还是身体，都有不少枪弹的痕迹。

"黑天狗，你……"

夜之介顿时失语。

黑天狗将身体当作了百姓的盾牌。

"巧合吧……"

仁科说了句蠢话。

"能说出这种话的人究竟是怎么当上妖怪改方代理长官的？

有这种父母官，老百姓真是太悲哀了。"

刀鬼叹气道。能在天空中自由翱翔的天狗，凑巧地张开翅膀，又凑巧地替百姓挡下所有子弹，这有可能吗？

这下子，可就不能光站着不动了。刀弥走到黑天狗旁边。

"这次，我来帮你。"

刀弥当着幕府武士的面这么说道。

虽然这么做之后很有可能会受到处分，但他现在认为自己决不能对黑天狗放手不管。

而阻止他的，也是黑天狗。

"不用。"

黑天狗双眼突然又焕发神采。

"喝！"

一顿发劲后，那些击入黑天狗身体里的枪弹一个个掉到了地上。他的身体瞬间恢复原貌。

"凭火枪也想打败老夫，未免也太天真了。"

黑天狗昂首挺胸，看起来就像个千两役者[1]。

"好样的，黑天狗！"

"我们挺你！"

---

[1] 指江户时代最受欢迎的歌舞伎演员，他们一年能得到一千两以上的收入。

第二章　黑天狗　[091]

"谢谢你救了我们！"

人群中响起一阵阵欢呼声及道谢声。

反观江户城，幕府那帮家伙都被惊掉了下巴。

"连火枪都不管用，这家伙不是人类吧……"

"当然不是人类，是天狗啊，这群蠢蛋。"

刀鬼听到这话都被蠢得震惊了。

"我现在觉得，天狗如果能当上将军的话还挺好的。"

"我也这么想，但估计没什么可能吧。"

刀弥说道。人类怎么可能接受由寿命长达好几百年的妖怪来统治自己呢？而且从政是得考虑百姓温饱问题的，妖怪又不会饿肚子，哪懂得考虑什么温饱问题。况且遇到洪水或者火灾之类的天灾时，妖怪凭一己之力也帮不上什么忙吧。

"确实。不过那帮家伙还真是可恶。"

刀鬼看着士兵们叹了口气。

确实十分可恶。

"继续开火！击倒天狗！即使误杀一百也不要放过这一个！"

三河武士们再次上膛。

"真是帮欠收拾的家伙！"

黑天狗怒目对着武士们，右手在空中横挥了一下。

"噼里啪啦——"响起一阵奇怪的声音。

"呜哇！"

"好疼！"

"啊啊！"

三河武士们发出千奇百怪的哀号，保持握着火枪的姿势一个接一个倒在了地上。

仔细一看，武士们的额头上全都出现了一个丸子大小的红斑。

"京八流天狗砾。"

天狗低语道。

刀弥虽然什么也没看见，但天狗似乎用类似小石子的东西击中了武士们的要害。

火枪部队全军覆没。

"看来不仅可恶，还不堪一击。"

刀鬼这么说。但事实肯定不是三河武士们太弱，而是黑天狗太强了。如果是"刀鬼"这种妖怪的话，说不定能与天狗一战，然而这个刀鬼可没那个干劲。

"事先说好了，我可不想被你们使唤来使唤去。"

他连刀都懒得拔，就给刀弥打起预防针来。

这样一来，在场已经没有任何人可以阻止黑天狗了。黑天狗继续缓慢地向前行进，眼看着即将到达江户城的护城河。

第二章 黑天狗 [093]

"如果让他越过护城河的话，一切都完了。"夜之介说道。

江户城——或者说德川家的命运，现在已经是风中摇曳的灯火了。

夜之介叉着手，突然想到了什么，咧嘴笑道。

"仁科。"

"在……"

"交给你一项男人的任务。"

"啥？"

仁科此时看起来似乎不大想被当作男人，但长官亲自委托，又无法拒绝。

"如果是属下力所能及之事。"仁科斩钉截铁地回答道。

具体是什么事都不知道就接了下来，这种马屁精做法简直就是官吏中的楷模，换了刀弥可做不到。

"这件事只有你办得到。"

夜之介坏笑道，抓住仁科往黑天狗那边走。

"您要做什么？！"

仁科感到一丝不妙，手忙脚乱地想要挣脱。

但夜之介丝毫不给他任何机会，也不知他的力气为什么这么大，只用一只手就将仁科往黑天狗旁边拽了过去。

"这是想干吗？"

"谁知道呢。"

刀弥和刀鬼都一头雾水。

黑天狗也搞不清楚夜之介葫芦里卖的是什么药，不解地看着这两个人。

"长官，求求你放开我！"

"别挣扎了，老实点！"

夜之介蛮横地呵斥仁科，最终在黑天狗面前停下脚步，喊道：

"只不过击败火枪部队，就以为自己完全胜利了吗？"

"他这是想跟黑天狗打一场？"

刀鬼更纳闷了。

似乎想不出其他可能性。但如果是那样，为什么要把仁科也带上呢？

"二对一？"

"不可能，不可能。"

刀弥摇了摇头。这连跟小孩子相扑估计都会输的仁科哪里帮得上什么忙，只会添乱罢了。

夜之介继续说：

"在你进入江户城之前，还有没解决的对手。"

果然是打算跟黑天狗一决胜负的样子。

"哼，还算稍微有点胆识的嘛，都这时候了还敢跟我叫板。"

"稍微？那你可真是井底之蛙。"

说完夜之介大笑起来，明显是在挑衅。

"区区人类，居然敢夸下海口。"

黑天狗拔出刀来。

然而夜之介并没有拔刀，而是突然从背后推了仁科一把。

"长官，这……这是要干吗？！"

"闭嘴！"

夜之介再次呵斥，完全不给仁科任何讲道理的机会。

仁科站在黑天狗面前早已被吓得脸色发青。

"黑天狗，你接下来的对手是妖怪改方第一高手——仁科甚吾。做好准备吧！"

丢下这句话之后，夜之介就不知消失到哪里去了，只剩下仁科被他晾在黑天狗面前。

七

"救命啊！"

这时候仁科哪还顾得上面子，被丢在黑天狗旁边就像是被丢到关有老虎的笼子里一样，发出惨叫声后拔腿就跑。

"快站住，高手！"

黑天狗单手持刀追赶着仁科。

本来看仁科这番模样，黑天狗肯定不会搭理他，但一听说是"妖怪改方第一高手"，兴致一下子就上来了。

"跟我一决高下吧，高手！"

黑天狗紧追不放。

这时候仁科就展现出了他的看家本领，即便在焦头烂额的情况下却依然能极其灵活地来回跑，其动作之敏捷让黑天狗根本就抓不住他。

"慢着！"

"不要啊！"

"跟我一决胜负吧！"

"我拒绝！"

"只顾着逃跑太卑鄙了吧，高手！"

"卑鄙就卑鄙了，快放过我吧！"

"我拒绝！"

"别拒绝！"

"你是高手，我必须拒绝！"

……围观群众看得一头雾水。

第二章　黑天狗　[097]

"长官到底在想些什么？"

"是想借此机会逃跑吧。"

刀鬼说道。

"逃跑……"

总觉得刀鬼的说法有哪里不对，但事实又似乎就是这么一回事。

作为妖怪改方长官，从妖怪面前逃跑，肯定不是什么光彩的事。但毕竟对手是强大到连幕府火枪部队都能一锅端的黑天狗，即使害怕得逃跑了，倒也不至于遭受太多责备。

"他应该从一开始就没打算制服黑天狗吧。"

"确实是。"

于是仁科就成了夜之介为自己逃跑争取时间的诱饵。

如果真是这样的话，实在是挺过分的呢。

"不过拿来当诱饵的是仁科，那就无所谓了。"

刀鬼说的话也挺过分的。

所有人的目光都聚集在像仓鼠一样绕圈跑的仁科以及在他身后紧追不放的黑天狗身上。

"别跑！"

"别追我！"

"我拒绝！快来跟我过招！"

"我拒绝！"

已经分不清哪句话是哪个人说的了。

"我看他们倒是玩得挺开心的。"

这番情景简直让人无法想象眼前的妖怪是刚刚全灭了三河武士的黑天狗。

"直接把他杀掉不就得了。"

刀鬼到底是鬼，说出来的简直不是人话。

他自然也不是真希望仁科被杀掉，只是看到黑天狗对付个仁科都得这么费劲，还真是叫人着急。

不过这状态倒也没僵持太久。仁科作为一个事务官，加上本来就文弱，根本没什么体力，脚步渐渐慢了下来。

反观黑天狗连一滴汗都没流。

"高手，快与我一战！"

"救……救……救救我……"

仁科已经连说句完整的话都显得困难了。

他挣扎着继续跑了一会儿之后，体力终于耗尽了。

"我跑……跑不动了……"

仁科听着就像快要断气了一样，"砰——"的一声倒了下来。

黑天狗见状猛扑过去。

"高手，吃我一招！"

果然还是没法放着不管，刀弥已经紧紧地握住了刀鞘。

"仁科大人！"

刀弥冲到了黑天狗面前，用最快的速度将刀拔出，挡下了黑天狗的攻击。

"铛——"刀弥跟黑天狗之间碰撞出火星来。

"别妨碍我。"

黑天狗再次发力。

"铛——铛——"两把刀不断地碰撞着。

作为剑士来说，刀弥的实力跟黑天狗终究差得太多，只能一味防守。

"果然很强啊。"

刀鬼赞叹不已，眼前的黑天狗跟刚刚那个一直抓不到仁科的妖怪简直判若两人。

"呵，这回倒是有两把刷子。"

黑天狗露出对刀弥刮目相看的表情。但没过多久，刀弥的呼吸已经变得紊乱起来。

"只可惜训练得还是不够。看招！"

黑天狗游刃有余地施加了一记攻击。

刀弥没能接下，整个人随着自己的刀一起被击飞，一屁股坐到地上，无力得连站都站不起来。

"到此为止了，去另一个世界吧。"

就在黑天狗举起刀的那千钧一发之际，刀弥耳边传来一声猫叫。

"喵！"

接着，一道雷劈了下来。

"轰隆隆——"

"呜哇！"

发出一声惨叫后，"扑通——"一声，黑天狗倒了下来。那道雷准确无误地砸在了他身上。黑天狗双眼瞪圆，失去了意识。

"这下黑天狗可黑得过头了，跟个煤炭一样。"

刀鬼用刀鞘碰了碰，黑天狗一点反应都没有。

又被那小家伙给救了，刀弥马上明白发生了什么事。

"刀弥大人，没事吧？"

"喵？"

眼前是一脸担忧的统子和黑助。

"真是爱乱来，交给仁科解决不就好了吗？"

夜之介也出现了。

"请不要交给我解决！"

不远处传来了仁科的抱怨声。

八

几天后。

刀弥跟其他妖怪改方的与力、同心们一起走在深川外围。仁科也在，夜之介则不见踪影。

与力、同心们外出巡逻并不是什么稀罕事情，但他们今天的样子怎么都让人觉得奇怪。

所有人整齐地排成一列，且个个拿着一把竹刀。

"搞什么剑术练习啊……"

仁科发牢骚道。

"锻炼是很有必要的。"

刀弥对这位事务官说。

妖怪改方全员现在正在前往一个剑术道场。

"那个大叔还挺有手段，对得起那张吓人的脸。"

刀鬼阴阳怪气地称赞着人。他口中的大叔指的自然是夜之介。

—　＊　—　＊　—　＊　—　＊　—　＊　—

击败黑天狗之后，妖怪改方受到了老中[1]的审讯。

---

1. 老中直属于将军，管辖一般政务，多由老人担任。在未设置大老一职时，是江户幕府的最高官职。

从结果来看，制服黑天狗自然是好事，但妖怪改方居然放任他如此接近江户城，简直是岂有此理。

关于这一点，其实幕府的火枪部队被黑天狗一锅端也是主要原因，但他们并没有被问罪。可如果要对妖怪改方问罪的话，自然也不能不对火枪部队问罪。

"哎呀，这件事就算了。"

大臣们最后决定对妖怪改方睁一只眼闭一只眼。

现在的问题是，如何处置黑天狗。

"我命令你们即刻对黑天狗处刑！"

老中说。大臣们也纷纷同意这个方案。

如果是普通的官吏估计吃不消，但恫吓对夜之介来说可没有用。

"对于这个连火枪都奈何不了的黑天狗，诸位希望我们如何处刑呢？"

夜之介的话听起来毕恭毕敬，实际上是在讥讽众臣。

"这……"

大臣们一时说不出话。即使是刽子手山田浅右卫门[1]的刀估计也砍不下这黑天狗的头来，他被黑助的雷击中之后虽然有一

---

[1] 江户时代试刀匠的山田家当家代代沿袭的名字，他们专门为幕府测试刀的锋利度，也兼任刽子手。

阵子不省人事，但仅过了四半刻马上就跟没事发生过一样。

"如果判其死罪却处不了刑，那可是要闹大笑话的。"

确实如夜之介所说。

但即便如此，也不能就这么放过这个曾打算袭击江户城的妖怪。造成这么大的骚乱，必须要有相应的大处置。实在没办法的话，也非得有人来背这黑锅不可。

于是这锅就朝着夜之介扣了过来。

"话说你作为妖怪改方的长官，面对黑天狗时畏畏缩缩，甚至将部下作为诱饵，自己逃跑，不大像话吧？"

看来他们打算向夜之介个人问罪。

刀弥张嘴正想要说什么，却被另一个人抢先了。

"属下有话想说。"

是仁科甚吾。

这回不光刀弥，连夜之介都吃了一惊。

"他是想趁机报复夜之介吧。"

刀弥也这么觉得。

"哎呀，毕竟夜之介确实挺过分的，被报复也是活该。"

确实。

结果，他们错了。仁科的话令人十分意外。

"长官当时将我作为诱饵的用意并不是为了自己逃跑。"

"嗯？"

夜之介看起来十分诧异。

大臣们比他还要诧异，问仁科：

"你是想偏护上司吗？在我们面前可没必要拍他马屁的，尽管实话实说。"

"并不是偏护，这是事实。长官并没有逃跑。"

仁科坚定地说。

"当时他确实扔下你跑掉了不是吗？"

"我刚开始也以为他要逃跑，觉得实在过分，这辈子简直没有见过这么差劲的上司。"

夜之介面露苦笑。

仁科稍微停顿了一下，继续说道：

"但是，在被黑天狗追赶的过程中我察觉到了一件事情。"

"什么事情？"

"那就是长官的用意。"

"用意？"

仁科对一头雾水的老中解释道：

"其实黑天狗并没有打算杀任何人。"

这一点刀弥也察觉到了。

虽然当时仁科相当敏捷地逃跑，但即便如此，能在空中自在飞行的黑天狗也没有理由抓不住他。

甚至黑天狗都没有抓住他的必要，如果有意杀他的话，直接用天狗砾岂不是省事得多？

"黑天狗再怎么说也是'山神'，不可能去杀一个手无寸铁的人。"

确实，黑天狗非但没有伤到任何一个平民，还保护他们免受火枪部队的攻击。

"那么我问你，早乙女将你丢到黑天狗面前，究竟是为了什么？"

"我想，是为了争取时间吧。"

仁科很快回答道。

"嚯。"夜之介发出佩服的声音。不愧是连刀都拿不稳却当上了代理长官的人，还有点脑筋。

"为了阻止连枪弹都奈何不了的黑天狗，雷兽的妖力不可或缺。"

泽村小平太事件之后，夜之介便将详细经过上报给了幕府，因此大臣们也知晓稻亭里有雷兽存在。

"事发现场离雷兽所在的稻亭有着相当一段距离，江户城如果在雷兽赶到之前沦陷，可就大事不妙了，不是吗？"

所以说夜之介是为雷兽的到来争取时间，才将黑天狗交给了仁科。

"原来是这样。"

老中说道。虽然希望能找到人背黑锅，但他也不是完全不讲道理，仁科的解释是说得过去的。

姑且算是解决了一件事情，但如何处置黑天狗这个问题依然没有得到解决。

"既然没有办法处刑，那看来只能让他回山里去了。"

老中只想尽快将问题解决。

"怎么可能回去？他肯定想要继续留在江户。"

"我也这么觉得。"

刀鬼一口断定，仁科则附和道。刀弥也是同样的看法，黑天狗是由于耐不住寂寞才从山里搬出来的，要他老老实实回山里去，估计没啥可能。

"那可不好办了。"

老中挠了挠头。

看到时机成熟，夜之介一本正经地开口道：

"把黑天狗交给我们处理吧。"

— ＊ — ＊ — ＊ — ＊ — ＊ —

除了竹刀以外，刀弥一行人身上还带着些酒和吃的。

他们要去的剑术道场不收钱，只收酒和食物。因为这点，这个道场还挺受欢迎的。

"可不是嘛，当然得受欢迎了，花点酒和吃的就可以学到跟源义经同一个流派的剑术呢。"

刀鬼说道。他肩上扛着一把小小的竹刀，看上去也是要跟着大伙儿一起练习剑术。

不一会儿，杂木林中出现了一个看板，上面写着"黑天狗京八流"。

没错，这里是黑天狗的剑术道场。

刀弥想起夜之介跟他说过的话：

"好好练习剑术吧，生锈的剑可不能为妖怪改方所用。"

他说这话时的样子像极了笕三十郎，严厉之中又带有人情味。

姑且再相信这男人一回试试吧，刀弥想。

第三章

亡羊補牢人

Chapter 3

"扑通——"一声，俎小四郎的头颅被斩落到了地上。

元和¹二年，德川家康食用鲷鱼天妇罗之后去世了。

而做了那鲷鱼天妇罗的，便是家康公的御用料理人俎小四郎。

事后俎小四郎理所当然地被判为犯人，柳生宗矩²受令将其头颅斩下。

作为百年难得一遇的料理名人，俎小四郎在当时可以说是无人不晓，被处以死刑后，无数人为其感到惋惜。

这已经是距离刀弥出生很久很久以前的故事了。

— ＊ — ＊ — ＊ — ＊ — ＊ —

肉体被毁，但灵魂犹存。

---

1. 依德川家康命令，后水尾天皇采用唐宪宗年号元和（1615—1624）。家康公去世后，其子秀忠正式掌握将军大权。
2. 江户初期武将，德川家康的军师。

俎小四郎死后成了亡灵，出现在江户城中。

当时这件事在江户城引起了轩然大波。虽被处以斩首之刑，但不管怎么说也是家康公的料理人，而且其实大家都清楚，家康公之所以过世很有可能是因为上了年纪。

家康公之后的每一代将军，都没有追究小四郎的亡灵，特别是第二代将军德川秀忠。他甚至十分同情小四郎，下令道："放他去吧，让小四郎去做自己想做的事情，直到他满意为止。"

将军说的话有着绝对权力，在那之后谁也没敢为难小四郎的亡灵，即使看到他出现在眼前也当作无事发生一样。

小四郎的亡灵在江户城游荡了一阵子后便消失了踪影。

"看来总算是成佛了。"知道整件事情的人们纷纷安心了。

一

时光流转。

深川外围有家一膳饭堂名为"稻亭"。

一个武士打扮的男人正在这里享用白萝卜炖菜。

"味道调得真好。"

他一边吃一边不停称赞，甚至到了让人觉得有些厌烦的程度。

这个男人是在日落之后来的。那时候已经没有什么客人了，统子跟黑助想出去把暖帘收起来。正走到门口时，来了个腰佩双刀的武士。

"已经打烊了吗？"

男人看上去十分可惜地喃喃自语道，转身就要走。

"还没有打烊！快进来吧！"

"喵！"

统子和黑助干劲十足地将他招呼到店里面。

稻亭向来把客人的感受放在第一位。即使到了打烊时间，只要还有客人在吃饭就继续营业。

"顾客至上！"

"喵！"

"……希望你们除了顾客，也好歹考虑一下我的感受。"

河童九助小声嘟囔道。

现在稻亭里不只有这位双刀武士一个人，刀弥和夜之介也正在里头喝酒，还一边拿黑助开玩笑。

"黑助，在雷兽里你真的算是小个子吗？"

"喵？"

"要不要试试进刀弥的印笼里啊？有刀鬼在，不会无聊的。"

第三章　亡灵料理人　[113]

"喵喵喵！"

黑助一脸嫌弃的样子，拼了命甩头。进妖怪改方同心这种危险分子的印笼里，才不要呢。

"那到时候我代替黑助在稻亭干活好了。"刀鬼说，"刀弥，明天开始你就是雷兽使了。"

"嗯，倒是可以试一试。不过这么一来，印笼不会变得很重吗？"

刀弥一边说，一边摸黑助那最近似乎发福了的小肚子。

"请不要欺负黑助大人！"

统子打断他们，胆小的雷兽躲到了她身后。

今天的稻亭也如往常一样。

在这么个欢腾的饭堂里，那武士打扮的男人也不喝酒，光顾着吃。一边细细品尝，一边不断说"好吃好吃"。

刀弥看他那样子，觉得还挺有趣，便搭话道：

"要不要一块儿喝酒？"

相逢是缘。在稻亭里，跟陌生人拼桌是常有的事。

"那真是不胜荣幸。"

武士打扮的男子十分有礼节地低了下头，坐到两人旁边来。

"我们是妖怪改方的官吏。"

刀弥自报家门，夜之介也说了声"你好"，点了下头。

"嚯……妖怪改方是吗？"

男子若有所思地重复了一下，似乎知道这么个组织。

"我叫俎小四郎，是个料理人。"

男子说道。这个"俎"字听起来像是祖祖辈辈沿袭下来的姓氏。

（说不定是哪位大名[1]的御用料理人呢。）

刀弥这么想着。因为从他的言行举止来看，不像是随便哪里的厨师。

"好久没跟人说话了。"

小四郎自言自语让人感到有点儿意味不明。看起来虽久离尘嚣，但还是个给人良好印象的男人。

"我请小四郎阁下吃道雷兽刺身吧。"

"喵……"

"开玩笑，开玩笑，别当真。"

见夜之介这样戏弄黑助，男人不禁笑了起来。

看到刀鬼在一旁上蹿下跳，小四郎似乎也并不感到奇怪的样子。每来一盘料理，他便会十分开心地吃起来。

对小四郎感到在意的，只有猜疑心强的刀鬼和怕生的黑助。

---

1. 指日本江户时代直接供职于将军，俸禄在一万石以上的领主。

"喜欢吃什么就尽管吃吧，今天是刀弥请客。"

刀鬼擅自说道。

"统子也想被请客。"

"喵。"

"那么我也不客气了。刀弥，偶尔请上司吃个饭也是应该的吧？"

"那个啊，我……"

这个夜晚就在一片欢乐的氛围中过去了……

— ＊ — ＊ — ＊ — ＊ — ＊ —

第二天，妖怪改方宅邸中来了个老人，自称是老中蓬田门记的佣人，奉其命前来造访。

老人对夜之介和刀弥问道：

"你们可知道一个名为俎小四郎的人？"

"俎……俎……"

反复念叨了许多遍之后，他们总算想了起来。

"昨天的——"

"噢，是那个人啊。"

夜之介拍脑门说道，不过马上又变得困惑，皱着眉头说：

"欸，名字倒是想起来了，但却怎么都想不起来这人长什么样。"

"怎么可能——"

刀弥话说到一半，发现确实如同夜之介所说的那样，无论如何都回忆不起来俎小四郎的脸。

明明昨天跟他聊了一晚上，却怎么都想不起来。不管怎么回忆脑海中都只浮现出一个脸上一片漆黑的男人。而且刚刚听到名字，一时半会儿想不起来是谁这一点也十分蹊跷。

很快，整天跟妖怪打交道的刀弥反应了过来。

"他不是人类。到底是何方神圣……"

"没错，俎小四郎是个亡灵。"

佣人说道。

"亡灵……"

"嗯。而且不是一般的亡灵，是很久以前被柳生宗矩大人斩下头颅的料理人。"

"原来是那个俎小四郎啊！"

夜之介又拍了下脑门。毕竟他做了那道传说是家康公死因的天妇罗，名字直到今天也广为人知，刀弥也知道。

"主人觉得他十分可怜，听说他还以亡灵的样态在人世间游荡，甚至为之落泪。"

第三章 亡灵料理人 【117】

上了年纪的人大多是比较心软的。

以相传因信仰稻荷神[1]而出人头地的田沼意次[2]为代表，幕府重臣大多很看重吉凶。

蓬田门记也是其中一员，听说了俎小四郎的故事之后，似乎一直寝食难安。

"能否借助你们妖怪改方的力量让俎小四郎成佛呢？"

佣人鞠个躬说道。

几百年来一直漂泊不定，确实让人感到可怜。

"不过这可能有点难办啊……"

夜之介面露难色。

与其说难办，不如说是无稽之谈。妖怪改方又不是巫术师，虽说制服了不少妖怪，但让亡灵成佛这事情还真没有干过，制服妖怪跟让亡灵成佛之间差的可不是一丁半点。

况且这俎小四郎又没做过什么扰乱江户治安的事情，甚至去稻亭吃饭时也好好地付了钱，对夜之介和刀弥彬彬有礼，根本就不是妖怪改方出马的时候。

但佣人不愿放弃。

"拜托了！"

---

1. 日本的丰收之神。
2. 田沼意次（1719—1788），江户时代中期大名，跟随八代将军德川吉宗到了江户之后，仕途亨通。

他再次低下那白发苍苍的头。

这可不妙咯，刀弥想道。偏偏夜之介是无法拒绝他人的性格，虽然长着一副恶人面孔，但极其不擅长拒绝他人，特别是来自女性、小孩和老人的委托。

"于主人而言，于我自己而言，都希望小四郎能够成佛。能否帮我这余命不长的老朽一忙？如果找别人帮忙，我们还真放心不下。"

"行吧，虽说这并不在职责范围内。我姑且先去跟俎小四郎谈一谈吧。"

结果还是拗不过老人。

"嘿，还真是不容易。"

听到夜之介的话，刀鬼在印笼里自言自语道。

二

几天之后，依然是黄昏时分的稻亭。

已经没客人来了，统子跟黑助屁颠屁颠地走到店门口准备收起暖帘。

"呼——"突然吹来一阵微热的风。

"感觉阴森森的……"

"喵……"

两张小脸对看的时候，本应没有人的店门口出现了一个男人的身影。

"已经打烊了吗？"

是俎小四郎。

统子跟黑助也听说了小四郎的事情，还被特地交代过了。

（是亡灵先生……）

（喵……）

"里面请！"

"喵！"

她们便将小四郎往里请。

店里坐着刀弥和夜之介，很稀罕的是，他们并没有在喝酒，只是一声不吭地坐在那儿。

统子和黑助通知他们：

"是俎小四郎大人。"

"喵。"

说着统子将家康公的料理人带进里面。

夜之介见状，对刀弥轻声说道：

"总算来了啊。"

两人自从听了蓬田家佣人的话以后，光顾稻亭的频率变得更高了。自不必说，这是为了见到小四郎。

小四郎看到刀弥和夜之介，彬彬有礼地鞠了个躬。

"之前承蒙关照了。"

不愧是家康公的御用料理人，礼仪端正得令人难以想象是个亡灵，甚至到了有点违和的程度。

"我们才是……"

接着刀弥跟夜之介就安静了下来。明明一直在等着他到来，对话却马上变得难以进行下去，略显尴尬。

小四郎也是个不善言辞的人，打完招呼之后就一声不吭。稻亭里只剩下几人咀嚼腌龟户白萝卜的声音。

这时，河童九助从厨房端着蒸白萝卜出来了。

"真是的，这家店真会使唤人。虽然我走起路来很慢，但蒸白萝卜还是热乎的好吃，趁还没凉赶紧吃吧。"

他一边说着，一边端了过来。

稻亭的料理，由于并不是人类而是妖怪做出来的东西，所以会给人一种"不像是这个世界的料理"的感觉。

虽然眼前的蒸白萝卜只是稻亭做过的无数料理中的一道，但也是做得相当漂亮的。

"嚯。"

连小四郎都发出赞叹声。

不仅将萝卜蒸得几近透明，而且边边角角的形状保留得极为完整。被切成厚片的白萝卜上放着一点味噌酱。

"不论配饭还是下酒都很合适哦。"

河童说道。

刀弥突然间就馋了起来。

— ＊ — ＊ — ＊ — ＊ — ＊ —

享用过美食后，似乎嘴巴也会得到解放。夜之介向小四郎问道：

"你是亡灵对吧，为什么不成佛呢？"

真是单刀直入。

"确实。"

即便听到别人说出自己是亡灵一事，小四郎也一点都不慌张，看来他并不介意。

——又不是今天才成了亡灵。

在这之前，刀弥作为妖怪改方同心也跟不少妖怪或亡灵打过交道，几乎无一例外地从没打算隐瞒自己为妖物一事。虽然袭击人类或者干了坏事之后有刻意隐瞒的情况，但这不过跟人类中的盗贼或杀人犯有着同样的原因和做法，并非由于自身是妖物而隐瞒。

妖物喜欢隐瞒身份这种事，不过是无知世人莫名其妙的"常识"罢了。

"作为亡灵还是成佛比较好吧？继续在人世间游荡也不是个办法。"

"唉，我也想成佛啊。"

这时候便得说说妖怪与亡灵的不同之处了。妖怪能去的地方除了这世间并无他处，而亡灵则有彼岸这么个选择，没有理由继续游荡在这边的世界。在这之前刀弥见过的亡灵们一个个都说"想要成佛"。

"那直接成佛不就好了吗？"刀鬼说道。

"有时候事情也没有那么简单呢。"

"喵。"

统子和黑助替小四郎回答道。确实如此，如果在凡世还有未竟之事，是无法前往彼岸的。

"我有未竟之事。"小四郎说。

一时间众人想象不到小四郎能有什么未竟之事。从他的样子看不出来对这个世界还有什么留恋，他给人的感觉是个不在意任何事情的男人。

夜之介似乎也觉得有点不可思议，问道：

"这么说，你对这个世界还有什么放不下的喽？"

虽然生前落了个被斩首的下场，但小四郎毕竟也曾是家康公的料理人，可以说已经达到了料理人职业的顶点，想象不到他会有什么未竟之事，在人世间游荡了这么久。

夜之介鼓起勇气询问他所想到的一个可能："难道你打算对柳生家复仇？"

确实有点道理，如果小四郎至今记恨着将其头颅斩下的柳生宗矩一族，那很有可能无法成佛。

但事实却不是这样。

"并不关柳生大人的事。"

小四郎果断地说。言下之意是柳生宗矩不过行了分内之事，小四郎对他并没有什么好怨恨的。

"那到底是为什么……"

（不成佛呢？）

刀弥感到不解。

"有点不大好说。"

经过再三追问，小四郎依然不愿意道出原因。

"这是武士的耻辱，请不要再问了。"

这下可拿他没办法了。

"那么，你接下来打算继续这样游荡下去吗？"

刀弥语重心长地对这位料理人亡灵问道。

刀弥只是这么一问，小四郎既没有扰乱江户的治安，也没有杀人，是个对江户不构成任何威胁的亡灵。

"哎呀，不过啊，小四郎，我倒也不讨厌能继续跟你一块儿喝酒。"

正如夜之介所说，刀弥自己也并不讨厌小四郎这个"人"。

（所以说，维持现状不成佛其实也无碍……）

刀弥和夜之介其实都了解妖怪们的"孤独感"。

别看稻亭现在这么热闹，其实不管鬼火、河童，还是落武者，有很长一段时间都是独自度过的。

而且稻亭这份热闹也不可能永远持续下去。阿园和统子作为人类是有寿命期限的，一旦她们去世，等待着妖怪的又是很长一段孤独的日子。他们必须面对接下来一百年甚至两百年的寂寞。

所以说能成佛的话还是尽快成佛比较好，对于人类以外的"活物"来说，这个世道终究是过于艰难了。

夜之介的心情似乎传达给了小四郎，他终于开口道：

"其实我无法成佛，是由于没能遇到更为优秀的料理人。如果能见到比我更厉害的料理人的话，那我也就了无遗憾了。"

第三章　亡灵料理人　　[125]

"嗯？"

"我想见到厉害的料理人。"

"比你更厉害的？"

怎么可能找得到？能跟家康公的御用料理人一分高下的料理人，那可不是随随便便就能找得到的。

如今江户城中的料理人没有一个能入得了小四郎的法眼。不论他在人世间逗留多久，恐怕都找不到比他更厉害的料理人。

"有点困难呢。"

夜之介面露难色。

"估计是办不到呢。"

"喵。"

不知何时开始悄悄坐在一旁的统子和黑助插嘴道：

"如果有这么厉害的人的话，稻亭早就把他雇来了。"

"喵。"

少女和这形若黑猫的妖怪所言莫名有些道理。

"自从来了这个地方之后，我也是这样想的。"小四郎看着统子和黑助说道，脸上浮现一股笑容，"这么说来，我应该可以成佛了呢。"

正当众人一脸困惑时，小四郎接着说道：

"夜之介阁下，刀弥阁下，你们两位总光顾这稻亭的原因是什么呢？"

这个问题听起来有点愚蠢。

"当然是因为好吃啊。"夜之介不假思索地回答道。

刀弥附议。

同心的薪酬其实不算高。稻亭的消费虽然不高，但跟路边摊比起来还是要贵的，如果不是因为好吃的话刀弥也不可能几乎每天都来。

"好吃，就意味着这里有好的料理人。"

小四郎说道。

（料理人？）

刀弥脑海中只浮现出鬼火和落武者的身影。

好像还有一人，不对，是一只。

"这家店真会使唤人啊。"

接着又浮现出了河童九助的身影，但是……

（不对，这帮家伙绝对不是什么料理人。）

不过是阿园的仆人罢了。

小四郎也不理会胡思乱想的刀弥，看着蒸白萝卜说道：

"能做出这道料理的人，恐怕比我要厉害。如果这件事能得到确认，那么我应该就能成佛了。只要能够确认有比我更厉害的料理人的话……"

第三章　亡灵料理人　[127]

"小四郎先生，难道说你……"

话被小四郎本人接了下去：

"我想跟稻亭的料理人一较高下。"

三

在战国时期力挫群雄、收复天下的家康公，最终吃了鲷鱼天妇罗而死。

"天妇罗多好吃啊。"

"喵。"

黑助的肚子咕咕地叫了起来，天妇罗的美味令雷兽也不能自拔。在江户，不喜欢吃天妇罗的人可以说是十分稀少的。

然而不论多好吃，作为武士，吃了天妇罗而死这种事实在屈辱。据说直到现在，将军家中也一概不吃鲷鱼天妇罗。

小四郎这回似乎也想要用天妇罗来与稻亭一较高下。

"就用天妇罗来决胜负吧，如果稻亭的料理人能够打败我，那我应该就能成佛了。"

小四郎说道。

这道理依然令人似懂非懂，感觉就跟夜之介整天挂在嘴边的"如果有人能在剑术上击败我，那我就把长官的位置让给他"这话差不多意思吧。

对于小四郎的委托，夜之介觉得还不赖，毕竟这也是蓬田门记及其佣人的委托。

"除此以外也没有其他办法了。"

"统子也来帮忙！"

"喵！"

就这样，稻亭跟亡灵之间决定来一场天妇罗对决。

— ＊ — ＊ — ＊ — ＊ — ＊ —

很快就到了对决的日子。地点也没其他合适的，就直接定在了稻亭的庭院里。毕竟要做料理，在料理店附近还是比较方便的。

"明明登载到瓦版[1]上还能赚些钱来着，真是可惜。"

阿园遗憾地说。

确实，亡灵和妖怪之间进行料理对决这种事，甚至能写入绘草纸中。只要稍加宣传，爱看热闹的江户人一定会蜂拥而至，

---

1. 指江户时代的单面新闻印刷品。以黏土做成瓦坯，再雕以图文，烧制后印于纸上，故得名瓦版。

然而——

"作为家康大人的料理人，我不大方便将厨艺展现于世间。"

小四郎这么说。

"也确实是……"

听到家康公的名字，阿园只好妥协。没办法，毕竟参赛者的感受更为重要。

小四郎已经将袖子挽了起来，一副随时准备开始的架势。

反观稻亭的妖怪们，则都不紧不慢。

"这家店真会使唤人啊。"

"在下，出马了！"

"喵……"

鬼火想到自己在稻亭甚至都没吃过天妇罗，有气无力地飘在半空中，看起来十分疲软。

"真的赢得了小四郎吗？"

面对夜之介和刀弥的质疑，阿园自信满满地回答道：

"你们就等着看好戏吧！"

看来这位老板娘似乎有所准备，但刀弥依然不相信，曾经的将军御厨做起天妇罗来难道会比不过这帮半桶水的妖怪们？

不过到这份儿上，也只能硬着头皮开始比赛了。

这时候，小四郎有点让人意外地说道："我希望待会儿由二位来对这场胜负做出判决。"

刀弥和夜之介突然成了裁判。

"交给我们没问题吗？你就不怕我们偏心做出对稻亭有利的判决？"

"不会有问题的，就交给二位了。"

也不知道他是太相信刀弥和夜之介的人品，还是对自己的厨艺有着绝对把握。

"真想快点吃到天妇罗啊！"

"喵！"

统子和黑助早已经在一旁坐得端端正正，似乎没有要帮妖怪们的意思。

"能否请统子阁下和黑助阁下也来参与评审呢？"

"当然可以，我们也来当裁判！"

"喵！"

"我也加入。"阿园自告奋勇。

"没有问题，那么也麻烦你们来宣布比赛的开始。"

说完小四郎就走进了厨房。

"天妇罗对决，开始！"

"喵！"

随着统子和黑助的声音出现的，还有一道小小的落雷。

就这样，关乎俎小四郎能否成佛的天妇罗对决开始了。

— * — * — * — * — * —

稻亭为了这场比赛特地在外面搭建了两个简易厨房，中间摆满蔬菜和鱼。大致流程是：选手们从食材中挑出自己想用的，然后用香榧油来炸天妇罗。

"天妇罗还是热乎乎的时候最好吃。"

"喵。"

也因此，天妇罗炸完之后会马上端到刀弥等人面前。

首先起身行动的是家康公的料理人——俎小四郎。而妖怪料理人——不对，是阿园的仆人之一的九助，见状赶紧慌慌张张地动了起来。

小四郎选的是鲷鱼。

看到小四郎选了鲷鱼，河童九助也选了鲷鱼。

"胆子还真大啊。"

刀弥称赞道。跟传说中的料理名人对决，居然敢选一样的食材，胆量可以说非同一般。

"不是这样的。他一定是跟着瞎选的，河童先生就是个冒失鬼。"

"喵……"

总之，这次对决仿佛以家康公的宿命为主题一般，成了一场鲷鱼天妇罗的对决。

小四郎选完鲷鱼后立刻又拿了一束韭菜，走向案板。当初家康吃的天妇罗，便是将鲷鱼就着韭菜碎屑用香榧油炸的，小四郎似乎是打算完全重现家康公生前吃的最后一道料理。

小四郎取出被他包得严严实实的菜刀，如庖丁解牛一般切起鲷鱼来。

不愧是在关原合战和大阪夏之阵也随家康公同行的名人，小四郎做起料理来极为沉稳，没有一点儿慌乱或是多余的动作。

"这小四郎，想必剑术也非同一般啊。"夜之介佩服地说道，"估计比刀弥要厉害多了。"

又加了句多余的话。

但说实话，面对小四郎这精湛的刀工，刀弥还真一点儿反驳的余地也没有。

"这还真是不好对付啊。"阿园说道。接着跟对料理一窍不通的刀弥和夜之介说明了小四郎究竟有多么不好对付。

所谓的料理的"味"，除了让人以味觉来感受，其实还能让人以视觉和听觉来加以感受。

且不管端上来的料理有多么美味，如果是由一个不端庄的料理人在眼前慢吞吞地做出来，客人想必还没开始品尝便会直接离席而去。

尤其是在像刀弥和夜之介这样的门外汉面前，料理人做料理时的一举一动极为重要。

"你们瞧，光是看着他做料理的样子就已经觉得非常舒服了，对吧？"

小四郎的样子令两人深感到阿园所说的每一句话都非常正确，单是他那切鱼的身手，就已经值得让人花钱来观赏了。

"家康公的料理人到底不是说着玩的啊，确实令人大开眼界。"夜之介看得都入迷了。

反观妖怪们这边，相比起来真是有点不忍直视。

稻亭的料理，一直以来都是由阿园站在厨房里指示着妖怪们做出来的，因此十分美味。但今天阿园并不参与对决，而是跟刀弥和夜之介一块儿坐山观"虎"斗。俗话说，木匠多了盖歪房子，但没有木匠连歪房子都盖不成了。

没有阿园的结果是——妖怪们成了一团乱麻，把香榧油都给点着了。

"着火了呢……"

"喵……"

"这边在某种意义上也是令人大开眼界……"

想不出还有其他什么话可以形容。

"快灭火啊！"

"在下，出马了！"

"你拿着把长刀是想怎么灭火啊，傻瓜！"

妖怪们完全不知道该如何是好。河童九助和落武者不约而同往这边看来，鬼火也似乎若有所思的样子，幽幽飘荡着，看上去是想向阿园求助。

然而阿园并不理会他们，仿佛这几只妖怪不存在一样，专心致志地欣赏着小四郎精湛的刀功。

"真是了不起啊。"

她不停地称赞。

这样下去还没等胜负分出来，整个江户估计已经成为一片火海了。

"阿园小姐，不帮一帮他们吗？"

"对啊，妈妈，帮帮大家吧。"

"喵。"

连黑助也央求道。

但阿园并不同意。

"也是时候让这帮家伙认清楚自己到底是不是料理人了。"

作为饭堂的女主人，这句话说得没错。然而……这几只妖怪本来就不是料理人，甚至压根儿也没想过要当什么料理人，不过是

第三章　亡灵料理人　　[135]

阿园擅作主张吩咐他们做料理罢了，而且一分钱都不给人家……

"喵……"

黑助一脸沮丧地叫了一下，似乎在同情这几个妖怪同胞。

如果是对统子叫的话，统子应该会说声"看起来真可怜啊"，然后摸一摸它的头，但对阿园来说这招一点用都没有。

别说什么摸头，阿园用手拍了拍黑助的头，说：

"装可怜也没用。"

简直一点儿机会都不给。

不知不觉之中，小四郎的鲷鱼天妇罗已经完成了。

"看起来好好吃！"

"喵！"

在美食面前，大家到底还是势利眼的，上一秒还在可怜妖怪们，现在已经被美味的鲷鱼天妇罗牢牢吸引住了。被吸引的自然不只有统子和黑助。

"哇！"

"果然了不起！"

就连夜之介和阿园两个见多识广的老江湖也一副迫不及待要享用的样子。

"快看这天妇罗！"

不用阿园说，所有人的目光早已经都在天妇罗上面了。炸好的鲷鱼肉上面附着韭菜碎屑，光是看看，肚子就已经开始叫了。

刀弥忍不住了，第一个拿起筷子，夹起天妇罗就往嘴里送。香榧油的香味、鲷鱼淡淡的甜味，还有韭菜的香味，在嘴里一并扩散开来。

"这简直……"

看到刀弥一脸满足的样子，其他人也纷纷夹起天妇罗来。

"真好吃啊！"

"喵！"

"这回合是俎小四郎胜出！"

夜之介下判决道。

虽然他很希望小四郎成佛，但面对美食是不能撒谎的。

阿园也一边吃着小四郎的天妇罗，一边说道："天啊，太好吃了！"

"这么好吃的东西还是第一次吃到呢。"

"喵。"

看起来，妖怪们并没有多少胜算了。

四

稻亭的妖怪们继续做着料理。

落武者负责切鲷鱼。他看上去对自己的刀功信心十足的样子，对着鲷鱼就是一顿猛切。

"在下，出马了！"

他只会说这么一句话。不过本来也不是料理人，大家似乎对他没有过多的期待。

将切好的鲷鱼拿去炸则是河童九助的工作。看他那样子似乎不大轻松，一边艰难地对付着一锅热油，一边抱怨道：

"这也太会使唤人了吧！"

几个妖怪里面，只有鬼火无所事事，在厨房里飘来飘去。

"你小子倒是好好干活啊！"

河童九助对着鬼火呵斥道。鬼火本来就没什么可以做的，只能无所事事。离锅近了怕把油给点着，离鲷鱼近了又怕把鲷鱼给烤焦，而躲到一旁吧，又要被说偷懒。

"鬼火大人好像很为难呢。"

"喵。"

统子和黑助的同情也没什么用。

"都是因为你磨磨叽叽的，烧油锅的火都快要灭了！"

河童九助对着鬼火乱发脾气的同时，落武者则沉浸在自己的世界中。

"在下，出马了！"

他一边喊，一边跟案板上的鲷鱼继续作战。

"这样下去不行啊……"

总而言之，妖怪们依旧乱成一团。

刀鬼估计实在看不下去了，从印笼里冒出头来。

"真是一帮不中用的家伙。"

他呷着嘴朝厨房走去。

"落武者，你鲷鱼切得过头了！这么大个脑袋里装的都是味噌吗？"

"河童，别瞎抱怨了，好好干活！要发脾气哪轮得到你这秃子，要我把你头上的盘子砸烂吗？！"

"既然火灭了就赶紧生火去！嗯？怕点着油？往锅底下去啊，你往上面去当然会点着油了，这傻鬼火！"

虽然态度蛮横，但看刀鬼指挥妖怪们的样子还是挺靠谱的。厨房里的混乱慢慢得到了改观。

"相当不错呢。"

看到刀鬼这样子，阿园佩服地说：

"干脆明天开始你也来稻亭干活吧。"

她一定是认真的。

"这可不行呢，妈妈，刀鬼大人是妖怪改方的妖怪啊……"

"喵……"

不过即便如此，妖怪们跟小四郎之间的差距也丝毫没有缩小。

"料理功夫毕竟是靠积年累月练出来的啊。"

几个妖怪中，即便是最为老手的九助，料理经验也不到十年，跟小四郎比起来简直是天壤之别。

"果然还是得输呢。"

"喵。"

"别担心，我还留了一手，简直稳如泰山。"

阿园自信满满地说。

也不知道这份自信是从哪里来的，现在这情况换成谁都不会认为几个连料理人都算不上的妖怪能战胜在料理界顶点的小四郎。

"我看这山啊，马上就要塌咯。"

夜之介不怀好意地笑了一下。统子和黑助也有气无力地说：

"就是，这座山一点都不稳。"

"喵。"

总之形势对稻亭来说依然十分不利。

不过比赛还没结束，妖怪们的"山"也还没有正式坍塌。

— ＊ — ＊ — ＊ — ＊ — ＊ —

"差不多快来了吧？"

就在阿园自言自语之后，空中飘来了几片雪花，周遭顿时变得寒冷起来。

"好冷啊……"

"喵……"

统子和黑助开始瑟瑟发抖。

"总算是赶上了。"

阿园舒了口气。

也不知何时出现了一个女子，浑身穿着白色衣装，一头美丽的黑发垂到了腰间。如冰晶一样的雪花在女子周围飘舞着。

"这位是阿雪小姐。"

还没等阿园介绍完："唉，这女的难道是——"

不愧是妖怪改方的长官，夜之介马上就察觉出阿雪的真实身份。虽说现在这突兀的环境变化要叫人察觉不出来也很难。

"——雪女？"

"是的，阿雪小姐是雪女。我请了她来帮忙。"

阿园倒也不藏着掖着。

事到如今即便见到雪女也没什么好惊讶的，众人疑惑的是为什么要请雪女来帮忙做天妇罗。

"雪女小姐要炸天妇罗吗？"

"喵？"

统子和黑助歪着头问道。

"从没听说过啊。"

刀弥还真没听说过雪女擅长做料理。

"我也没听说过……"雪女用同她名字一样冰冷的表情说道。

从接下来发生的事情来看,这雪女被委托做的事情十分简单,不过是把落武者切好的鲷鱼拿到河童九助手里罢了。

"请……"

"哦,啊?完全没搞懂,这是唱的哪一出?"

河童九助一脸困惑。

"别管那么多了,好好炸天妇罗吧。"

阿园说道。九助乖乖地回了句:"是……"看来被调教得相当好。

于是河童九助开始埋头炸天妇罗,搞得满头大汗。

"完成了!"

"我来帮忙拿吧……"

阿雪想要接过炸好的天妇罗,但是被阿园制止了。

"不必了。阿雪小姐,辛苦你了,来我这边吧。"

于是阿雪坐到了刀弥跟夜之介中间的位置,看起来就像顾客一样。

"怎么啥都是我来做?"

河童九助端着鲷鱼天妇罗走了过来。

总之，稻亭的天妇罗终于完成了。

五

相比小四郎那没裹面衣的天妇罗，稻亭这边的天妇罗是令人熟悉的裹着面衣的天妇罗。也多亏刀鬼的指挥，最终做出来的天妇罗还挺有模有样的。只不过……

"虽然看起来很好吃，但也很普通啊。"

夜之介的感想也如同刀弥说的一样。

"看起来确实是随便哪儿都吃得到的天妇罗呢。"

单说选用鲷鱼这一点，就跟"随便哪儿"的路边摊差不多。再和小四郎的天妇罗放在一起对比的话，显得更加平庸了。

究竟妖怪们能不能靠这个天妇罗取胜呢？

面对一脸没兴趣的刀弥和夜之介，阿园催促道：

"行了行了，赶紧吃来看看吧。"

"别催嘛……"

"天妇罗要趁热才好吃啊，快点吃吧。"

"确实是这样，我要开吃了。"

第三章 亡灵料理人 【143】

"喵。"

统子和黑助赞同地说道。

刀弥想想也有道理，用筷子夹起了一个稻亭出品的天妇罗。

"好吃！但真是很常见的味道呢。"

其他人也纷纷尝了一下。

"嗯，确实挺常见的。"

"喵。"

"挺常见的，对吧？"

"嗯，挺常见的。"

所有人的感言都出奇一致。

听到这里，小四郎已经是一副胜券在握的样子了，而以河童九助为首的妖怪们则是垂头丧气。

"到底还是输了啊。"

"在下，出马了！"

鬼火十分沮丧地飘来飘去。

然而，关于稻亭天妇罗的鉴赏会还没结束。

"虽然很常见，但是稻亭的天妇罗要更好吃。"

刀弥耿直地说道。

"这一回合是稻亭的胜利。"

夜之介也点了点头。

"不会吧？"

小四郎不敢相信地瞪大了双眼。

"你们不是说是很常见的天妇罗吗？"

"虽然常见但很好吃，你吃吃看就知道了。"

夜之介十分坚定。

"小四郎先生，您吃吃看吧。"

阿园指了指妖怪们做的天妇罗，让这位对美食极为挑剔的家康公料理人也尝尝看。

虽然阿园这样子可以说是有点不知天高地厚，不过众人的评价确实勾起了小四郎的兴趣。

"既然话都说到这份上了……"

小四郎用筷子夹起一块妖怪们做的天妇罗吃了下去之后，表情为之一变。

"还真是好吃啊……"

他接着就说不出话来了。

代替小四郎开口的，是统子和黑助。

"为什么会这么好吃呢？"

"喵？"

她们一脸不可思议地向阿园问道。关于这点，刀弥也百思不得其解，夜之介也叉着双手思考着。

第三章　亡灵料理人　　[145]

面对众人的疑惑，阿园开始揭秘了。

"要想真正将天妇罗做得好吃，还是得裹着面衣一起炸才行。"

这么说来，道理似乎十分简单。

家康公吃的天妇罗是不裹面衣的。虽然同样是用油炸，但如果不裹面衣的话，鲷鱼的味道会"逃走"。

面衣的作用还不只这点。

"口感也是味道的重要组成部分之一。"

正如阿园所说。倒也不是说小四郎的天妇罗不好吃，只不过相比稻亭那口感酥脆的天妇罗，小四郎的天妇罗有点软乎乎的。

"确实是，稻亭的天妇罗虽然不管外表还是味道都十分常见，但还是常见的天妇罗要更为酥脆呢。"

夜之介说。

"这都多亏了阿雪小姐。"

"啊，我明明什么都没做……"

"不，这场对决稻亭能胜出，靠的是阿雪小姐。"

"啊？"

"天妇罗要做得好吃，很重要的一点诀窍是让所有材料保持足够低的温度。"

所以说必须将面衣和食材在低温状态下放到滚烫的油锅中。温度越低，炸出来的天妇罗就越是酥脆。而由体温极低的雪女来递送食材，温度自然能得到很好的控制。

"当然了，也不全是阿雪小姐一个人的功劳，大家都功不可没。"

"没错，大家都非常努力！"

"喵！"

统子和黑助也称赞妖怪们道。

而小四郎则是心服口服，从刚刚开始一直保持着沉默。看来这次的天妇罗对决确实是稻亭赢了。

（不过——）

刀弥偷偷观察了下小四郎的样子。

作为家康公御厨居然输给了庶民饭堂的料理人——而且还是几个妖怪，指不定这个亡灵会由于受到打击而导致情绪不稳定。

刀弥的手悄悄按到了刀柄上。

（难保他不会失去理智干出什么出格的事来。）

作为妖怪改方的同心，这份警戒并非没有道理。

不过似乎还真没这个必要。

"没想到还有这一手。"

小四郎对稻亭表示由衷地敬佩。

（这一手……什么意思？）

应该是指天妇罗非但裹面衣，还用竹扦串起来的做法吧。不知道他是否觉得学到了新东西。

第三章　亡灵料理人　　[147]

亡灵的想法虽然令人难以捉摸，但却依然被某个人看穿了。

"对武士这么说可能十分失敬，还请见谅。"

是阿园。这位稻亭的女主人对家康公的料理人说道：

"小四郎大人之所以不成佛，是为了在冥途中给家康大人献上最好的料理吧？"

"为什么你知道？"

小四郎十分惊讶，看来是被阿园说中了。

"毕竟我也是料理屋的女将[1]，只要是为了给客人们呈上最好的料理，要我干什么都行。一直以来我可为此费了不少劲儿呢。只要是为了客人，不论多么辛苦都是值得的。即便是稻亭的妖怪们，也都拼了命在干活，毕竟命这东西相比之下似乎也并没有那么值钱。"

阿园的话听得河童九助目瞪口呆。不过阿园不理会他，继续对小四郎说：

"这种天妇罗跟家康公那时候的天妇罗可不一样。而且，相比起来，这种一直以来都要更为好吃。"

"嗯。"

小四郎点了点头。

---

1. 对料理店、旅馆等的老板娘的称呼。

"如今连我们这些庶民都能吃上这么好吃的东西，这全是托了江户和平、丰饶之福。江户的百姓真得好好感谢家康大人啊。"

阿园说道。

——元和偃武。

这四个字指的是应仁之乱[1]之后，持续了将近一百五十年的战乱状态终于得以终结的局面。而结束这场旷日持久战乱的，便是德川家康。

"就让家康大人也尝尝看这个天妇罗吧。"

接着，俎小四郎化成了一缕青烟，消失无踪，没留下任何道别的话语。或许他是想要快点去为家康公继续做料理吧。

"成佛了呢。"

"喵。"

统子和黑助目送着小四郎。

— * — * — * — * — * —

事情圆满解决之后，夜之介对河童九助说：

"喂，你小子这下可不得了了，连将军大人的御用料理人都

---

[1]. 日本室町幕府时代封建领主的内乱。这场骚乱开启了战国时代。

打败了。要继续加油啊，九助，这下子稻亭肯定会有更多客人，准备好忙得不可开交吧。"

统子和黑助也屁颠屁颠地走到河童旁边说：

"河童大人真厉害！"

"喵！"

"简直就是料理天才！"

"喵！"

"太帅了！"

"喵！"

"够了够了！"

九助表面上皱紧眉头，但其实心里十分高兴。

"真是一帮只知道使唤人的家伙。"

第四章

火难

Chapter 4

一

最近，深川外围经常发生奇怪的火灾，总有些草丛或杂木林莫名其妙着火。

虽说江户几乎每天都有火灾，但绝大多数都发生在居民区，原因大抵是用火不当和故意放火这两种。无人居住的地方通常不会发生火灾。

然而最近，人烟稀少的深川外围频频发生火灾。

由于不是在居民区，迄今为止发生的怪异火灾既没有导致任何伤亡，也没有导致任何人的房屋被烧毁。但如果要说这些火灾没有给任何人带来困扰的话，那是不可能的——比如把店开在深川外围的稻亭。

"都没有客人来呢……"

"喵……"

统子和黑助坐在空荡荡的店里，一副无精打采的样子。自从发生火灾骚动后，客人数量明显变少了，现在的稻亭简直门可罗雀。

顺便一提，客人们并不是由于害怕火灾而不来的。

凡是深川外围起的火，十有八九都是人为所致，因此官吏们最近一直在搜寻纵火犯。然而——

"官吏大多靠不住啊，不能信。"

连刀弥自己都这么说。

"要信了官吏那还得了？"刀鬼接茬道，"那帮家伙，为了尽快结案，甚至有可能抓些无关紧要的人当替死鬼。"

"确实会这样。"

刀弥点点头。

"这都像话吗？啊？把面子看得比治安重要，这还能叫官吏吗？"

"哎呀，不过也不能一竿子打死所有官吏。"

刀弥耸耸肩膀。其实并非只有刀鬼这么想，城里大部分居民都不信任官吏。

"所以说才没有人敢来稻亭啊。这节骨眼儿哪有人敢上这附近来？说不定觉得你看起来鬼鬼祟祟便当作纵火犯给抓起来了，没人敢冒这个风险。"

要不是刀弥是妖怪改方的同心，必定也不敢出现在这间附近屡屡发生纵火案件的料理屋。

纵火在江户是重罪，绝大多数纵火犯会被处以火刑，残忍至极。稻亭的料理再怎么好吃，也不值得人们冒着生命危险前来。这对于稻亭来说，十分困扰。

"感觉再这么下去要关门大吉了。"

"喵。"

连八岁小孩跟黑猫也皱起眉头来。虽然不可能立马就倒闭，但毕竟做料理生意靠的是每天的进款，如果一直没有客人来，必定会不断萧条下去。

"刀弥大人，帮帮我们吧，去抓住纵火的犯人。"

"喵。"

统子和黑助对他弯腰行了个礼。

"就算你们这么说，我也……"

刀弥挠挠头，似乎有点为难。虽然他很想帮忙，但是自己本身也是官吏，作为官吏有官吏的准则。

"纵火案是火盗改方的管辖范围，我不能越权干涉。"

其实刀弥说这话自己也觉得挺难为情的。

只要不是与妖怪有关的纵火案，全都由火盗改方来经手调查。对于官吏来说，管辖范围分工必须明确这一点确实麻烦，

第四章 火 鬼 [155]

胡乱插手可是要遭殃的。

统子毕竟是妖怪改方前长官的女儿，很快就理解了。

"那确实是没办法呢。"

她也明白官吏的麻烦之处，不想让刀弥为难，便作罢了。

然而统子身边的另一位却无法认同。

"喵喵！"

是黑助。似乎在说希望刀弥能够帮稻亭抓住纵火犯。

"喵！"

"黑助大人，不能勉强人家哦。"

"喵！"

"你饶了我吧。"

"喵！！"

这雷兽就像猫一样不停地用力甩头。

这时，厨房里传来了"砰——"的一声。

"刚刚的声音是——"

现在在厨房里的，只有阿园和妖怪们。

"难道说……"

统子迅速起身，刀弥也慌张地跟在她后面，有种不好的预感。

这个预感是正确的。他们走进厨房后，只见阿园倒在地上。

鬼火飘飘荡荡，落武者坐立不安，河童惊慌失措。三只妖怪被吓得完全不知道该做什么。

统子从这帮派不上用场的妖怪们中穿过，跑到阿园身边。

"妈妈！"

"阿园小姐，你没事吧？"

刀弥看了看阿园，虽然没有失去意识，但整个人的脸色都是青的。

"不用这么大惊小怪……只不过是摔了个跤罢了，没什么大不了的。"

即便这么回答着，但从声音就能听出来她连说话都十分勉强，应该是对稻亭的状况一筹莫展，整个人都变得虚弱了。

—　＊　—　＊　—　＊　—　＊　—　＊　—

"好好休息一下吧。"

懂事的统子将阿园扶到房间里躺下后，为了不吵到她，又回到店里面，端正地坐下。

然而并没有工夫让她休息。

"咦？"

统子在四周搜寻着什么。

"怎么了？"

"黑助大人不见了。"

这么一说，还真是。

"要不要看看那边的墙洞，会不会是藏到里面去了？"

"黑助大人又不是老鼠！"

统子嘴上虽然这么说，但还是往里面看了一下。刀弥也跟着看过去，并没有黑助的身影。

"果然不在，究竟跑到哪里去了呢……"

统子听起来快哭了。

"应该不会乱跑……"

关于黑助有可能去的地方，刀弥还真没头绪。而且这会儿太阳都下山了，这只胆小的雷兽可从没有在夜晚的时候单独出去过。

"黑助大人离家出走了。"

"不会吧。"

"想不到其他可能性了。"

统子想立刻出门去寻找黑助，但一想到阿园的状况，加上觉得黑助应该也不会出什么大事，斟酌之后还是选择留在稻亭里。

刀弥和统子这一慌张，丝毫没有察觉到除了黑助，还有另一只妖怪也从稻亭不见了。

二

刀弥和统子干着急的同时，黑助正走在深川外围。

好久没独自走在外面了，之前不管什么时候总有统子在身边保护着它。

"不要欺负黑助大人！"

这句台词听了不知道有多少次。

虽然是能呼雷唤雨的雷兽，但黑助非常依赖只有八岁大的统子，它特别喜欢这个温柔的小姑娘。

然而现在，统子十分困扰。稻亭由于纵火事件面临闭店危机，阿园甚至也因此病倒。

这回该轮到自己来保护统子了。既然妖怪改方无动于衷，那自己只好以一己之力去抓住纵火犯，不能坐以待毙。黑助这么想着，便从稻亭跑了出来。

"喵！"

决不能原谅让统子困扰的家伙，黑助心想，一边走一边寻找纵火犯的踪迹。

—　＊　—　＊　—　＊　—　＊　—　＊　—

第四章　火　鬼　[159]

走不到四半刻，黑助被叫住了。

"喂，蠢猫。"

听到这粗鲁的声音，黑助停下了脚步。

"喵？"

黑助耷拉下耳朵，只见一只鬼出现在眼前。

"你小子自己打算去哪里？"

刀鬼站在黑助面前，挡住了去路。就是妖怪改方里那个总是欺负黑助的粗鲁小鬼。虽然跟刀鬼已经打过不少交道，但黑助还是很怕他。

看到刀鬼那张脸，黑助的尾巴不由得蜷缩了起来。

"喵……"

"喵什么喵。我在问你打算去哪里。"

刀鬼追问道。

"哎呀，反正你不说我也大概能猜到。想要自己去抓纵火犯对吧？"

"喵。"

黑助坦白地点了点头。

刀鬼咂嘴道：

"真是乱来啊。"

黑助猜他应该是来阻止自己的。

"回稻亭去吧。"

——才不要。

黑助虽然害怕他，但如果就此作罢返回的话，稻亭就得倒闭了。

"喵！"

现在可不是缩着尾巴的时候，黑助努力让自己看起来高大一些，想要吓唬吓唬刀鬼。

但似乎没有效果。"哐——"的一声，黑助的头被刀鬼敲了一下。

"喵……"

好不容易伸直的尾巴又蜷缩了回去，十分难堪。

"真是一只不争气的蠢猫。"

刀鬼用一向刻薄的语气说道。

这时候如果统子在旁边，一定会站出来说"黑助大人才不是猫！"来为它辩护吧。可惜统子并不在，黑助现在独身一"猫"，面对坏心眼的刀鬼毫无还手之力。

"你以为凭你小子就能抓到纵火犯吗？"

刀鬼继续奚落着黑助。

"喵……"

黑助不禁低下头来，鼻子都碰到了地上。

"真是个没有志气的家伙。"

黑助以为刀鬼还要继续数落它，结果却没有。

"我跟你一块儿去吧。"

真是让人意外的台词。

"喵？"

黑助一时间反应不过来。正当它摸不着头脑的时候，"喔"的一声，头又被刀鬼敲了一下。

"喵……"

这比刚刚那下还疼。

"还想让我说第二遍吗？"刀鬼继续说，"要去抓纵火犯对吧？你小子自己去我可放不下心，本大爷跟你一块儿去吧。"

"喵？"

"你丫除了喵喵喵就不会说别的了是吗？烦死了。"

说着又敲了一下黑助的头。黑助感觉从刚刚到现在两眼一直在冒金星。

不过黑助本应该很痛的头似乎突然一点儿也不痛了，尾巴也不再缩成一团，鼻子也离开了地面。

原来刀鬼是来帮它的。

"真是个费事的家伙。走吧，早点抓到纵火犯，早点回稻亭去吧。啊啊啊，想一想还真是麻烦。"

不会说谢谢的黑助只能轻轻地叫了一声：

"喵。"

三

结果他们很快就找到了纵火犯。

"这么快还真叫人不爽。"

找到犯人的是刀鬼。不愧是妖怪改方的一员，他目光十分敏锐，迅速地在杂木林里发现了几个正打算点燃枯叶的身影。

而且这身影还不是人类。

"啧，原来是火鬼，那有点麻烦了。"刀鬼咂嘴道。

"喵？"

"没错，是火鬼干的好事。"刀鬼说。

"喵……"

黑助害怕得不行。

火鬼就如同字面意思，是从火中诞生的鬼。外表看上去跟鬼火十分相像，是身体中寄宿着炉灶火灵魂的妖怪。

虽然一只小小的火鬼对人类构不成威胁，但如果拉帮结派起来就十分棘手了。传闻中由火鬼引发的大火灾，可不在少数。

第四章　火　鬼　[163]

火鬼总喜欢把东西烧得一丁点都不剩，因此通常找不到确凿的证据指证火鬼，导致妖怪改方无法出手。

"真是群混账。"

刀鬼的表情变得严肃起来。

"吱吱吱吱！"

眼前的火鬼们一边发出令人不舒服的笑声，一边将枯叶点燃。

江户最近都没有下雨，枯叶十分干燥，烧起来的火非常旺。而且由于是在郊外，根本不能指望有人来灭火，刀鬼和黑助要是对眼前的火势放任不管的话，很有可能会演变成一场大火灾。

如果那样，去稻亭的客人就变得更少了。

想到这里黑助非常生气，下定决心要抓住这帮以纵火为乐的妖怪，叫唤着便打算往火鬼群扑过去。

"喵！"

然而刀鬼制止了黑助。

"傻瓜，快停下！"

"喵？"

黑助不理解刀鬼为什么要阻止自己。

"敌人的数量太多了。况且这帮家伙本来就不好对付。"刀鬼说道。

眼前的火鬼数量可不是五六只那么简单，冲过去完全就是自寻死路。

"今天先回去吧。"刀鬼一脸不甘心地说。

对于将输赢看得很重的刀鬼来说，不战而败如同死一般难受。

"先回去说服刀弥跟夜之介老爷，把他们带过来。撤退吧，蠢猫。"

刀鬼说这话仿佛也是为了说服自己。

黑助虽然理解刀鬼的用心，但并不同意。

"喵。"

黑助摇了摇头。

虽然它很喜欢刀弥和夜之介，但他们到底还是官吏。刚刚听过刀弥跟统子的对话之后，黑助已经不认为妖怪改方会如此轻易地来帮忙了。如果寄希望于这帮请不动的官吏，稻亭估计很快就得倒闭。

于是，黑助不听刀鬼的劝告，再次鼓起勇气，往火鬼的方向冲了出去。

"喵！"

它甚至还能听到背后传来刀鬼的咂嘴声。

"真是乱来啊！"

刀鬼到底是妖怪改方的鬼，黑助虽然不能百分之百确定，但估计他也跟那帮官吏差不多，不能指望他会奋不顾身去拯救稻亭。

第四章 火 鬼 [165]

——已经没有能靠得住的人了。

黑助头也不回地冲向火鬼。

"吱吱吱？有只奇怪的猫往这边跑过来了。吱吱吱。"

火鬼们也很快察觉到了黑助，再次发出令人不舒服的笑声。

——真叫猫害怕。

这时候黑助如果扭头就走，火鬼们估计也不会追过来吧。

然而事到如今已经不能回头了。"黑助大人可是很了不起的，是很厉害的雷兽大人！"脑海中统子这句话给黑助带来了勇气。

"喵！"

黑助大声喊叫着跑到火鬼们面前。现在的它已经下定决心不依靠任何人的力量，凭自己跟这帮坏妖怪一决胜负了。

然而……

— ＊ — ＊ — ＊ — ＊ — ＊ —

四半刻之后——

"喵……"

黑助被紧紧绑在一棵大树上，丝毫动弹不得，身上还有几处烧伤。

明明是由自己挑起的战斗，结果连一道雷都没有劈下来就被抓起来了，可以说是相当狼狈。

火鬼们在它身边围成一圈商量着什么。对话的内容黑助完全不想听，然而却没法不听。

"把它烤来吃怎么样？吱吱吱。"

"猫这种东西即使烤了也不会好吃的吧。吱吱吱。"

"不吃吃看怎么知道？吱吱吱。"

虽然形势对黑助来说十分严峻，但所幸火鬼们似乎没发现它是雷兽，只觉得是只不知从哪里跑来撒泼的野猫。

对了，说不定可以利用这一点。

黑助未曾想过自己会被当成野猫，不过如果加以利用的话说不定可以借此脱身。它眼里顿时闪烁出希望的光芒，决定装作猫的样子。

"喵，喵。"

……

听起来似乎跟刚刚没有任何差别。再仔细想想的话，自己是在一开始就被当作猫的前提下被火鬼们抓起来的。看来这招没用。

猫这种生物，有些人觉得可爱，也有些人觉得厌烦。很不幸的是，火鬼显然属于后者。

"吵死了！吱吱吱——真烦人，吱吱！"

火鬼似乎生气了，一边说着，身上的火烧得更旺了。

"直接烧死它怎么样？吱吱吱。"

"直接烧死吧，这家伙一点都不有趣！吱吱吱。"

这下更不妙了。

"喵！"

黑助正面临空前的危机。

四

"刀弥！不好了！"

刀鬼赶回稻亭。

夜之介也在。

"鬼面老爷也在啊。"

"我不能在这里吗？"

"当然可以，倒不如说正是时候。快过来，我跟你们说件事。"

说着就把刀弥跟夜之介拉到一边去。

夜之介完全不想听，一脸不情愿的样子。

"别磨磨叽叽！"

刀鬼喊得唾沫横飞。

"什么事情这么慌慌张张的？"

刀弥问道。刀鬼开始说事情的来龙去脉。

"纵火的人已经找到了。不对，不是人，是妖怪。纵火犯是火鬼。"

"什么？！"

"你先闭嘴听我说，事情不只这么简单。"

刀鬼瞪了刀弥一眼，接着往下说："火鬼们还把黑助这只蠢猫给抓起来了。"

"黑助大人被抓走了？"

听到对话的统子飞也似的跑了出来。

"真的假的？"

她的衣服上满是泥土，似乎一直在找黑助。

"我看起来是在开玩笑吗？"刀鬼说，"再这么下去，黑助估计要被烤得焦黑，变成'黑'助了！"

"我这就去救它。"

"我也要去。"

刀弥和统子没有片刻犹豫就要往外走。

然而有个声音阻止了他们：

"等一下。"

是夜之介。他一脸严肃地对刀弥、统子和刀鬼说道：

"我们的工作是保护江户和江户的居民免遭妖怪伤害。火鬼并没有伤人，烧的也只是杂木林而已，现在并不是妖怪改方出马的时候。"

"但是，黑助被——"

"黑助不是人类。这是妖怪之间的纠纷，妖怪改方没有可以插手的地方。"

夜之介这么说有两层考虑：一是这次纵火案确实是由火付盗贼改方来负责；二是妖怪改方由于之前的黑天狗事件被幕府盯得很紧，如果插手极有可能被抓到把柄。

"而且没有确凿证据。"

目睹火鬼们罪行的只有刀鬼跟黑助。妖怪改方无法只凭妖怪的证言就插手本该由火付盗贼改方负责的案件。

"夜之介老爷，你什么时候变得这么死脑筋了？"刀鬼讥讽道，"尽说些死规矩。"

"为幕府办事，死规矩是必需的。"

夜之介回答道。

确实如此，既然吃着俸禄，就必须为幕府效力。甚至刀弥别在腰间的那把刀也只不过是幕府借给他用的，擅自行动这种事无法得到允许。

然而刀鬼始终无法认同。

"夜之介老爷，我真是看错你了。还有刀弥，没想到你小子也这么无情。"

说完便从稻亭走了出去。刀弥跟夜之介已经指望不上了，他打算自己去营救黑助。

"等等，统子也一起去！"

稻亭的小姑娘也跟在刀鬼后面跑了出去。

"真是让人头疼啊。"

夜之介面露难色。

五

"喵呜！"

黑助发出一声哀号。它被绑在靠近树木顶端的地方，空前的危机还没结束。

发出哀号的原因不是恐高，而是此时在它底下正发生着可怕的事情。

"吱吱！"

火鬼们将枯枝枯草收集到树底下，像准备火刑那样将火点着。

不用问也知道，很热，特别热。黑助脚底下的火焰和热气

第四章 火 鬼 [171]

都在逐渐上升。

"吱吱吱吱！"

火鬼们一边笑，一边往火堆里继续放枯枝枯草。火烧得更旺了，已经烤到了黑助。

"喵呜！"

"真好玩，吱吱吱！"

"烧得更旺一些吧，吱吱吱！"

黑助叫得越大声，这帮家伙就笑得越大声。对于火鬼们来说，黑助仿佛玩物一样。

眼看着火马上就要烧到黑助了。

"喵呜！"

它的性命此时仿佛风中摇曳的灯火。而且由于烟雾太浓，呼吸也开始变得困难起来。

黑助现在脑海里想到的全是统子的事情，它多么希望死之前能见统子最后一面。只要是有她在的地方，黑助就能过得很开心。如果有来生的话，要做一只真正的猫让统子养，到去世为止一直陪伴在她身边。在生命的最后一刻也由统子照看，然后安心地前往另一个世界。

"喵……"

就在黑助万念俱灰，闭上双眼时，下面发生了异变。

"唰——"火鬼的头飞了出去。

而且不是一只火鬼，好几只火鬼的头都飞了出去。

"喵呜！"

由于烟雾的存在，黑助什么都看不清，不清楚发生了什么。

"喵！"

黑助困惑得头都快歪成水平线时，束缚它的绳子被突然砍断了。

重获自由的感觉虽然很好，但这里可是树木的顶端。黑助不会飞，直接做了个自由落体。

"喵呜！"

"砰——"的一声，肚子先着地了。命是捡回来了，但肚子疼得不行。

黑助疼得喵喵直叫时，听到了"切"的一声。

不知何时，刀鬼站在了它面前。

"手脚真是笨得可以。肚子先着地的猫我还是头一回见到。"

刀鬼一登场就开始奚落黑助。仔细一看，他的肩膀上正扛着一把大刀。

"喵！"

"喵什么喵？还不赶快站起来？真是不知道死活！"

消灭火鬼，并斩断绳子的正是刀鬼——他过来营救黑助了。

而且来的不止刀鬼一个。

"——不许欺负黑助大人！"

是统子。她站在旁边，对刀鬼说了跟往常一样的话。

"而且黑助大人才不是猫，是雷兽大人！"

"喵！"

接着这个最疼爱黑助的小姑娘将它抱了起来。

由于刚刚一直被火烤着，黑助浑身都是灰。

"哎呀，变黑了呢。"

统子的脸也被涂黑了。

"喵……"

黑助道歉着，想从主人身上跳下来。

但统子不让。

"喵？"

"以后不许你擅自消失！"

统子紧紧地抱住了黑助。

六

数缕绿色的血烟飘到了空中。

"呵！"

刀鬼挥舞着大太刀，将火鬼们一个接一个砍倒在地。每砍掉一只火鬼，空中就升起一缕血烟。

如果是一对一的话，火鬼自然不是刀鬼的对手，毕竟作为妖怪的天生差异摆在那里。但现在刀鬼的对手可远不止一个。

由于江户经常发生火灾，火鬼数量非常多。不管刀鬼砍掉多少只，总会有更多火鬼出现。刀鬼的呼吸开始变得急促起来。

"哼！"

虽然很不服气，但可以明显看出来他的动作也变迟钝了。

迟钝的原因除了疲劳，还有就是应付火鬼的攻击。面对不断砸过来的火焰，刀鬼身上难免出现了几处烧伤。

"没事吧？"

"喵？"

"这还用说吗？当然没事了。别啰唆，好好看着吧！"

连黑助都看得出来刀鬼是在逞强。

这时发生了更不妙的事情。

"吱吱吱。"

不远处响起了令大地也为之一震的声音。

"有什么东西正在靠近。"

刀鬼话音刚落，一个被火焰包裹的庞然大物出现在他们面

第四章 火 鬼 [175]

前。之前的火鬼都不过是小猫一般大小，而这只却有一棵树那么高。

"你就是火鬼的头目吗？"

刀鬼一边喘着粗气，一边瞪着他。

看到刀鬼这遍体鳞伤的样子，火鬼头目令人不悦地笑了起来。

"吱吱吱！"

也不知道他跟手下说了什么，火鬼们再一次对刀鬼发起进攻。

"还真是没完没了了。"

刀鬼果断地再次挥起刀来，但无奈数量实在太多了。而且跟刚刚没有章法的攻击不一样，火鬼们这回的攻击全是瞄准刀鬼的死角来的。

"一定是头目对他们下了什么命令。"

本就不好对付的火鬼们在头目的命令之下迅速变成了一个军团。

"可恶。"

很快地，刀鬼在火鬼攻势的纠缠之下无法动弹了。

"吱吱吱——"

随着火鬼们的哄笑，火鬼头目也终于动了起来，不知从哪里拔出了一把红色大刀。

"这家伙居然还拿着炎刀？"

这是把据说能烧光一切的魔剑，如果被它砍中，即使是妖怪也逃不过一死。

"切。"

刀鬼的脸色不禁开始发青，作为妖怪改方的鬼，他对这把魔剑的威力再清楚不过了。

"快带统子一起离开这里！你们在这里也帮不上什么忙，只会碍手脚而已！"刀鬼对黑助说道。

很明显依然是在逞强，刀鬼想要牺牲自己给统子和黑助制造逃跑的机会。

火鬼们所有的攻击全都奔着刀鬼来，完全不把统子跟黑助放在眼里。如果是现在，她们应该还能轻易逃走。

"不，我们也要一起战斗！"

"喵！"

统子跟黑助想要过去帮刀鬼，但被喊住了。

"别过来！我说了你们会碍手脚的！"

但即便这样，黑助和统子也不能放下刀鬼不管。她们不能逃跑，因为刀鬼是稻亭的伙伴。

不过就凭统子和黑助的力量，确实帮不上什么忙。

"该怎么办才好呢……"

第四章　火　鬼　[177]

"喵……"

正当不知该如何是好时，出现了更多的火鬼将她们包围。这下想跑也跑不掉了。

"切，真是磨蹭，明明叫你们快点离开了。"

刀鬼咬着牙说道。

他想去帮黑助和统子解围，但完全没有机会。刀鬼被火鬼头目控制着，黑助和统子则是被一众小火鬼控制着。

"吱吱吱！"

火鬼头目将炎刀举过头顶，眼看着就要朝刀鬼劈下。

就在那一瞬间——

"咣——"一把刀飞过来，刺穿了火鬼头目的手臂。

"吱！"

火鬼头目发出一声悲鸣，被刺穿的右臂流出绿色血液，炎刀也随之落到了地上。

"得救了！"

"喵！"

黑助和统子欢呼着朝刀飞来的方向看去，只见两个戴着厉鬼面具的身影。

"太好了，夜之介大人和刀弥大人来救我们了！"

"喵！"

黑助和统子说道。但刀鬼摇了摇头。

"……不对，不是他们。"

不管怎么看都不像是夜之介和刀弥，尤其是那体格。

眼前两个男人，其中一个比相扑选手还要高大，另一个则跟小孩子一样瘦小。而且，小个子男人长得跟黄瓜一样绿，夜之介和刀弥的皮肤都不是这种颜色。往空中一看，还有个火球飘浮着。

这下就不难猜出他们的真实身份了。

"喂喂。"刀鬼苦笑道。

正当他不知道该从哪里开始吐槽的时候，火鬼们又开始行动了。

"吱吱吱！"

它们露出獠牙便要攻击统子和黑助。

然而根本伤不到她们一根汗毛。

"吱吱吱！"

攻击过来的火鬼们无一例外地发出哀号声后应声倒下。戴着厉鬼面具的高大男人用长刀将他们一个个刺穿。

火鬼们被激怒了，纷纷放弃对黑助和统子的攻击，转而集中火力攻击这个大个子。

可惜根本就不是对手。

第四章　火　鬼　[179]

大个子丢下长刀，不知从哪儿又拿出一把大砍刀，自在地挥舞起来，将火鬼们一个个拦腰截断。接着也不断换着武器消灭火鬼，令人目不暇接。

大个子大喊了一声：

"在下，出马了！"

现在即使统子和黑助也知道他是谁了。

——其实从一开始她们就知道了。

"是落武者大人……"

"喵……"

只不过到现在才说出来。

落武者的头实在太大了，即便戴着面具还是会露出脸颊和下巴的部分。虽然他跟火鬼对峙时的英姿让人不禁拍手叫好，但这张从面具下露出来的脸看着实在滑稽。

"落武者来倒是挺好的……"刀鬼叹口气道，"那两个家伙是来干吗的……"

鬼火由于害怕火鬼一直飘浮在半空中，完全不敢下来。明明自己也是火妖，某种意义上是火鬼同类，但在稻亭那悠闲的环境里待久了，慢慢地变成了胆小鬼。

更成问题的是那绿色皮肤的矮个子，明明是来跟火鬼干架的，却连把武器都不带，光在那儿一边"呀！呀！"直叫，一边逃跑。拼了命也没跑出火鬼们的手掌心，被追着一顿胖揍。

"你们这些浑蛋离我远点！喂！不要打我啊！呜呜呜，真是帮乱来的家伙……"

他的真实身份也很明了了。

"是河童大人……"

"喵……"

火鬼们甚至都不用火，"吱吱吱"地笑着，徒手将河童打得嗷嗷直叫。河童九助完全无力反抗，只能边哭边跑。

"在下，出马了！"

落武者这次的声音听起来像是哀号一样。往那儿一看，发现他已经变成了徒手状态。似乎是由于太不克制，把所有能用的武器全都用光了，现在被一群火鬼包围着。

"大家全都被制服了呢……"

"喵……"

刀鬼看着稻亭三只妖怪的样子，无奈地叹口气，摇了摇头说："完全搞不清楚他们是来干什么的。"

此时突然有人回应他：

"鬼才搞得清楚呢。"

是个熟悉的声音。

"这回就是夜之介大人了！"

第四章 火 鬼 [181]

"喵！"

如黑助和统子所说，来者正是妖怪改方长官——早乙女夜之介。

七

夜里的深川外围，出现了许多高竿提灯照射出的狐火花纹。

"火鬼们放老实一点，你们已经被逮捕了！"

夜之介喊道。

"大家都来了呢！"

"喵！"

统子和黑助的声音变得高昂了起来。

有一个男人仿佛是回应她们一般，说道：

"呼，久等了。"

"仁科大人也在呢。"

"喵。"

"怎么了？为什么一脸失望的表情？"

没人回答仁科。

以鬼面长官为首，妖怪改方的一众与力、同心都聚集在了深川外围。

刀弥也在，穿着印有狐火花纹的黑色装束，提着一盏高竿提灯，这是妖怪改方的标准打扮。

有人来帮忙自然是好事，但说实话还是让人不大愉快。

"妖怪改方不是不插手此事吗？"

刀鬼说道。

"我们接到消息说火鬼们想要加害稻亭家的女儿统子和料理人黄瓜[1]九助，特此赶来。"

夜之介面不改色地回答道。

"黄瓜九助？"

"没错。"

夜之介语气变得凝重起来，补充道：

"就是被火鬼们残忍杀害的黄瓜九助。"

"——不对，我还没死呢！"

河童九助一边逃跑一边纠正，没想到夜之介接下来说的话更加令人难过。

"啊，是吗？反正都差不多。"

"差不多吗？"

---

1. 传说河童最喜欢吃黄瓜。寿司店中便是将卷有黄瓜的寿司称为河童卷。

第四章　火　鬼　[183]

"开个玩笑。"

说完这句话，夜之介的表情瞬间又变得严肃起来，紧盯着火鬼们。

"我们妖怪改方，决不会放过妄图加害江户料理人的妖怪！"

口气听起来仿佛在演时代剧一样。

"原来如此。"

刀鬼总算知道夜之介葫芦里卖的是什么药了。

之所以让稻亭的几位戴上面具，是为了防止被认出是妖怪来。这样子即使上头最终得知他们是妖怪，妖怪改方也能以戴着面具而没能辨别为由开脱了。

妖怪改方的任务是保护那些被妖怪所伤害的江户居民，这便是夜之介规避所谓"死规矩"的方法吧。

"还真是难为你们了呢。"刀鬼嘟囔道。

夜之介没有回应刀鬼，而是冲向了火鬼群，怒喝道："不要放过这群火鬼，一个不落地把他们全都抓起来！"

"官吏办起事来还真是麻烦。不过这夜之介老爷也是相当不老实呢。"

身为妖怪改方的一员，刀鬼紧跟着夜之介冲了上去。

山楂

第五章

Chapter 5

一

"母亲，对不起。"

龟户村的百姓与平对母亲阿时道歉道。

在大雪纷飞的十二月夜里，与平背着消瘦的母亲，走在通往箱根一座深山的路上。

周围一个人也没有。

与平的脚步十分沉重，背上的母亲则沉默不语，唯有刺骨的寒意与二人做伴。

在这之后，与平会将阿时抛弃在深山中。他不得不在深夜将这独自养大自己的母亲抛弃到深山中。

对不断道歉的与平，母亲总算开口道：

"……不要在意。"

慈祥的母亲声音同往常一样小，几乎要被雪和与平的脚步

第五章　山姥　[187]

声盖过去，但与平还是听到了。

"你们毕竟还得过日子。你要跟阿国小姐一起好好地生活下去。"

面对即将抛弃自己的与平，母亲非但一句怨言都没有，还只顾着担心他——这个儿子在刚娶进门的阿国小姐面前抬不起头，打算将自己抛弃在深山里。

与平的心很痛。

（趁现在还能回头，把母亲带回家去吧……）

可当他这么想的时候，阿国的臭脸随之浮现在脑海中。

与平的家里非常贫困。

贫困到什么地步呢？每天连饭都吃不饱，为了糊口不得不抛弃老人。

在这艰难的人世间，为了糊口抛弃老人其实并不是一件稀罕的事情，单龟户村就已经有不少老人失踪了。

"要是把你妈也丢掉就好了。"

阿国这么说道。

与平所住的龟户虽然是个村子，但好歹也位于江户郊外，又离深川非常近，只要肯出村子，想找到活干可以说是轻而易举。

腿脚不灵活的阿时虽然没办法，但如果是年轻的阿国的话，只要有心很容易就能找到工作。

然而——

"我才不想干活呢。"

阿国摇摇头说。

阿国是个好吃懒做的女人，凡事只考虑自己，从不帮家里干农活，还将婆婆阿时视为累赘。

"赶紧去山里把你妈丢了吧。"

阿国一直催促着与平。

懦弱的与平不敢反抗妻子，于是背着母亲来到了箱根的山里。

箱根这地方，即便是像与平这样没有钱的人也能咬咬牙徒步走到。他穿过箱根的繁华街道之后，走了差不多一两刻，来到这座相传住着许多妖怪的"弃母山"。跟当地人了解了一下，还真有不少人为了抛弃老人而特地来到这里。

如果在这里将腿脚不好使的老母亲抛弃的话，毫无疑问她会很快死掉。

然而与平背上的母亲却没有丝毫怨恨。

"不要在意，我会在这座山里好好生活的。"

与平将母亲抛弃在了深山之中。

第五章　山姥　[189]

二

这天，刀弥和夜之介跟往常一样在稻亭里喝酒。

统子和黑助端来招牌菜腌白萝卜。

"这是用与平先生家的白萝卜做的。"

"喵。"

要说白萝卜，那还数相传在纲吉公[1]成为将军之前所产出的练马白萝卜最为有名。但在本所深川，则是龟户村所产的白萝卜要更受欢迎。这位名为与平的农民所种的白萝卜，更是其中的佼佼者——据阿园所说是这么一回事。

稻亭的腌白萝卜做法，是将整根白萝卜连同叶子一块腌制好，再浇上酱油。顾客们配着它不论吃多少碗饭都不觉得腻，赞不绝口。

"这个看起来很好吃啊！"

夜之介的肚子已经开始叫唤了。

"比起喝酒来，我突然更想吃饭了。"

刀弥的肚子也叫了起来。

二人虽然很喜欢喝酒，但也喜欢就着美味的小菜下饭。有

---

1. 指德川幕府第五代将军德川纲吉。

了这稻亭腌制的龟户白萝卜，压根儿就不需要其他小菜了。

"这么一说，才想起来没上米饭呢。"

"喵。"

听到了统子和黑助的话后，河童九助很自觉地提了一大桶米饭过来。

"真是一帮爱使唤人的家伙。"

九助一边抱怨，一边将热腾腾的米饭盛到碗里，刚盛好，碗立刻被刀弥抢过去狼吞虎咽起来。

— * — * — * — * — * —

刀弥吃到肚子撑得不行后懒洋洋地打了个呵欠，想着差不多该回去了，却被统子猛地拉了下衣袖。

只见统子和黑助眉头紧皱着。

她们刚把店里收拾完，夜之介也刚离开不久。稻亭里没有任何声音，除了洗碗的地方传来被阿园使唤着的九助的抱怨："啊，这也要洗？啊，怎么什么都要洗？——真是爱使唤人的家伙。"

刀弥眼看着吃饱喝足，马上就能回去钻进被窝结束这一天时，却被统子和黑助强行留下。

"有话要对刀弥大人说。"

第五章　山姥　[191]

"喵。"

"明天再说可以吗？"

"不行。"

"喵。"

小姑娘和黑猫一起摇了摇头。

真是爱使唤人啊。脑海中虽然出现了跟河童一样的想法，但刀弥还是在板凳上坐了下来。

"那么能麻烦先给我来杯热茶吗？"

刀弥一边打呵欠一边拜托道。真叫人没办法，早点听完早点走吧，刀弥心想。

"与平先生家里面出现了个女人。"

"喵。"

统子和黑助一边沏茶，一边开始对刀弥说。

统子虽然只有八岁，但经常帮店里干活，去与平那儿买白萝卜也是常有的事。上次去与平家时，她们看到了一个女人。

"哦？"

刀弥一边嚼着腌白萝卜，一边喝着热茶。对这龟户村的与平他倒是没什么了解，不过白萝卜确实很好吃。

将萝卜叶子切碎后放到香喷喷的米饭里，再浇上酱油……

光是想想，刀弥似乎就又饿了起来。

"你在听我们说话吗？"

"喵？"

回过神来，眼前并不是什么白萝卜，而是统子和黑助。

"有啊，白萝卜的事情对吧？"

"不对！"

"喵！"

统子和黑助认真地摇了摇头。

"可以麻烦再说一遍吗？"

"与平先生去世的母亲又回来了。"

统子说完，"喵——"的一声，胆小的黑助瑟瑟发抖。

三

被抛弃在弃母山的阿时又回来了。

相传那是座只有妖怪居住的魔山。听说家康公开辟江户城之时，许多被赶出去而没有居所的妖怪纷纷跑到箱根的弃母山去了。

在这么危险的一座山里，一个腿脚不便、走路都成问题的老妇人按理说是不可能活着回来的。然而——

"与平，妈妈来给你做饭。"

妖怪调查科：雷兽

手里拿菜刀这么说着的不是别人，正是与平的母亲阿时。不论怎么看都是其本人。

看到母亲回来时，与平也不敢相信自己的眼睛。老人从弃母山上回来这种事简直闻所未闻。

更不可思议的是，母亲那患有疾病的腿脚居然痊愈了。

看上去虽然依旧是个衣衫褴褛、白发苍苍、脸上满是皱纹的老太太，但做饭时的一举一动就像年轻姑娘一般。相比起去弃母山之前，母亲要健康精神得多了。

原本布满灰尘的家中现在也被她打扫得一尘不染。

此外，阿时还说道：

"阿国小姐，果然是个给人带来不幸的女人呢。"

就连与平妻子离家出走的事情都知道。

阿国不知是跟哪里的流浪武士私奔，抛弃与平离开了。

"真是让人头疼呢，还拿着钱跑了对吧？"

这件事也如阿时所说。阿国在出走之前偷走了与平好不容易攒下来的积蓄，一分钱都没留给他。不只如此，阿国还在外头借了将近一百两银子，现在这笔债也落到了与平头上。

与平不知何时才能还完这笔钱，十分不安。

"这孩子，发什么呆呢。"母亲叫了他一下，说，"再不吃饭就凉了。"

"嗯……"

与平像小孩子一样回应。他脑海中虽然充满疑问，但对能
再次和母亲一起生活还是感到很开心的。

— ＊ — ＊ — ＊ — ＊ — ＊ —

负债累累的与平只能从早到晚拼了命干活。

如果不更加努力赚钱，这个冬天就挺不过去了，甚至连肥
料都买不起。不仅如此，"还不起钱的话就给我把田地卖掉！"
与平被讨债的人如此威胁道。

结果，似乎是由于下雨了还一直在外头干活，与平发烧病倒了。

好在农民的身体大多要相对健壮，没两三天与平的烧便退
了下去，虽然身体依然很虚弱，但好歹意识恢复清晰了。

与平刚想站立，肚子就咕咕地叫了起来。这才想到发烧的
两三天里自己一点东西都没吃。

"母亲……"

与平的声音十分沙哑，甚至连自己都只能勉强听到。他不
断叫着阿时，但并没有得到回应。

"……"

家里一片寂静。

（到底去哪里了……）

与平开始不安起来。

"母亲……"

与平艰难地起了身，打算去寻找母亲，但整个身体都使不出力气来。

也难怪，毕竟这两三天里他没吃没喝，一直在睡觉。

与平踉踉跄跄的，没走几步就一屁股摔到了地上。

他从没想过自己的身体状况会差到这个地步。

就在他为自己连像正常人一样走路都做不到而烦恼时，一股米饭的香味飘了过来。

"醒了啊？"

与平眼前出现母亲的身影。

"要吃饭吗？"

母亲问道。她正端着饭菜。

代替与平回答的，是他肚子的叫声。

—　＊　—　＊　—　＊　—　＊　—　＊　—

之后的两天里，与平过着饭来张口的日子。

一到饭点，母亲便会端饭过来——而且不是与平家一直吃的那种粗糙到甚至掺杂着麦子的米饭。

白色的大米中一粒麦子也没有，还放了鸡蛋。不论哪个，对与平家来说都是负担不起的食物。

（母亲哪来的钱买这些东西呢？）

按理说她应该没有积蓄，却能拿来上好的米和鸡蛋给自己吃。

"这个饭是怎么回事？"

与平问道。

"别人给的。这种事情不要在意，尽管吃就是了。"

阿时搪塞了过去。

与平到底敌不过饥饿，不再多问，接过母亲做的饭来吃。但在他吃饭的时候，萌生了更多对母亲的疑惑。

—— ＊ —— ＊ —— ＊ —— ＊ —— ＊ ——

母亲似乎完全不用睡觉，每天到深夜还在替人缝补衣物或编草鞋。

与平总是撑不到她睡着，途中就开始犯困了。

"困了就先睡吧。"

母亲每次都会这么说。听到母亲温柔的声音，与平往往很快就睡着了。

第五章　山　姥　[197]

但是有一天，与平在半夜中醒了过来。

睁开惺忪的睡眼，只见外面有一只太阁猿。

所谓太阁猿，是从外国引进日本的一种红色巨大猿类，据说会将人类的小孩掳走，吮吸其鲜血。

相传丰臣秀吉出兵朝鲜时，因制服老虎而出名的加藤清正听说秀吉喜欢新鲜东西，便将太阁猿带回来献给秀吉。秀吉刚开始非常高兴，但等到新鲜劲儿过去之后又觉得这猿猴实在麻烦，就将其丢到了箱根的山里去。

与平的母亲见到太阁猿没有丝毫胆怯，不知从哪拿出了一把柴刀别到腰间，披头散发就走到外面去。

那个样子，像极了绘草纸中所画的山姥 [1]。

— * — * — * — * — * —

临近日出时，阿时回来了。

与平偷偷往外看，发现母亲在田地的角落里埋着什么东西。她看上去十分投入，完全没有察觉到自己正在被偷看。

与平假装刚睡醒的样子，出去从背后对她说："母亲，你这

---

1. 居住在山中，长得像老婆婆一样的妖怪，能洞察人心。

么早就开始干活了吗？"

阿时顿时惊慌失措，好像干坏事被抓到一样，说："与……
与平啊……我想着拿点白萝卜做味噌汤来当早饭来着。"

这个借口十分蹩脚。阿时所在的是田地十分偏僻的地方，
哪里种着什么白萝卜。

——她一定有事隐瞒。

"这样啊。这么一说，肚子还真是有点饿了。"

与平并没有追问，只是刻意迎合母亲的话。

"我马上去准备。"

阿时逃也似的走了。

见母亲走远之后，与平将手伸到土地里。

泥土由于刚被翻过，特别柔软，即便是因病而有段时间没
干农活的与平也能很容易地将母亲埋的东西挖出来。

"不是吧……"

与平不敢相信自己的眼睛。

"千两箱[1]？"

出现在他面前的，是个不折不扣的千两箱，里面装了满满
的小判[2]。

---

[1] 用来形容存放着满满金币的箱子。

[2] 江户时代流通的一种金币。

第五章　山姥　　[199]

四

距与平发现千两箱，已经过去将近半个月。他用箱子里的小判将阿国所欠的债全部还清了。

按理说母亲不可能没有发觉，却对这件事只字不提。

得到一大笔横财的与平逐渐怠于耕作，一直靠着箱子里的钱过活。

— ＊ — ＊ — ＊ — ＊ — ＊ —

事情发生在阿时去河边打水的时候。

与平正在院子里发呆，只见一个长相如厉鬼一般凶神恶煞的男人和一个看似其手下的青年并排朝他这边走来。两人都穿着一身黑色装束。

（流浪武士吗？）

与平刚开始这么想，但仔细一看又觉得不是。他们的衣服一尘不染，不像是浪人的样子。两人腰上都佩有刀，眼神看起来十分锐利。

看着来历不明的两个人在朝自己靠近，与平感到非常不安。不过，没一会儿，两人背后出现了一个他认识的身影。

"与平先生，早上好啊。"

"喵。"

是稻亭家的独生女统子，以及她的黑猫。

——不对，是只不是黑猫的什么东西。

"黑助大人才不是黑猫！"

"喵！"

"只不过还小，看起来像黑猫罢了。"

"喵。"

统子一逮到机会就会跟人这么说。如果你问她不是黑猫是什么的话：

"是雷兽大人，很厉害的。"

"喵——"

这时候黑助总会挺起胸膛来，一脸的神气。

"雷兽大人？"

虽然不知道是什么东西，但整天喵喵地叫着，又像个会动的黑色毛球，不管怎么看都让人觉得是只黑猫。不过随便吧，黑助究竟是什么生物，与平也并不太在意。

与平刻意避开两个黑衣人的目光，问道：

"你们是来买白萝卜的吗？"

"不是。"

第五章　山姥　[201]

"喵。"

得到了这样的答复。

"我们想介绍人给你认识。"

说着就向与平介绍起两个黑衣人来。

"这两位是妖怪改方的夜之介大人和刀弥大人。"

与平一听不禁冒起冷汗。

如果换作是以前听到妖怪改方这四个字的话，与平内心应该不会有一丝波澜，即使被问话，也可以大言不惭地说自己跟妖怪啥的一点关系都没有。

然而现在就不一样了。现在的与平，有了一个惧怕妖怪改方的理由。

稍微打过招呼之后，那个看起来像是手下的男人——冬坂刀弥一边打量着田地，一边嘟囔道：

"这块田还真是荒芜啊。"

虽然只是很普通的自言自语，但在与平听起来就像在质问他。

"请问你们找我有什么事吗？"

与平没有选择回刀弥的话，而是对他们发问。开口的是鬼面男——夜之介。

"你母亲在哪里？"

"不……"

与平紧张得一时语塞，他的第一反应是——这两个人来这里的目的是带走阿时。

"不……不知道。"

与平吞吞吐吐地说出这句话，声音小得甚至不知道自己能否听见。

妖怪改方的两人冷漠地看着与平，一脸狐疑。

——会怀疑是理所应当的。

现在的与平可不是普通农夫，在发现千两箱之后他就变了个人。而那块曾经种着被誉为江户最美味白萝卜的田地，已经荒芜了。倒不如说那已经不是田地了，这块地现在除了埋藏千两箱以外没有任何用途。

统子和黑助走到田地旁，沮丧地看着枯萎的白萝卜叶。

"看起来好可怜。"

"喵。"

— * — * — * — * — * —

"真是个不让人省心的家伙啊。"

夜之介在从与平家回去的路上说道。一直到最后，与平也没供出阿时在哪里。

"他难道真以为这样子瞒得住？"

与平现在已经不干农活了。明明失去了这唯一的收入来源，看起来却一点都不为金钱所烦恼。

"看来他母亲变成山姥的传闻是真的。"

妖怪改方在来之前事先做过调查，与平的母亲从弃母山回来这件事早就在村子里传开了。与平似乎也没打算隐瞒这件事，只是想如同以往一样跟母亲过上普通的生活。

但这还只是个小问题。阿时从弃母山回来的同时，江户发生了一起盗窃案。官府接到京桥一个臭名昭彰的高利贷放贷人报案，说自己的千两箱被偷了。

夜之介受幕府指示调查这个案件。也就是说，这起盗窃案由妖怪所犯。

"暂且不论放贷人的为人如何，涉及的金额实在太过庞大了。——而且还有件让人感到在意的事情。"

夜之介自言自语一样说着。

正当刀弥想问他是什么事情的时候，只见有个人一边大叫，一边朝他们跑过来。

"不好了！不好了！"

"那是……九助？"

"慌慌张张的，干吗？黄瓜丢了？"

"那还真是可怜呢。"

"喵。"

虽然统子和黑助这么说，但丢了黄瓜这点小事肯定不至于让他如此慌张。

河童九助过来是为了通知他们一件大事。

"善鬼在日本桥出现了！"

五

善鬼似乎没有要藏起来的意思。几人赶到日本桥后，夜之介指着一个身影说：

"那就是善鬼。"

（……女人？）

刀弥想。

善鬼外表给他的第一印象，是美。整个体型就像女人一样纤细。说到盗贼，总给人一种在暗夜中行动，穿着一身黑衣的感觉，然而眼前的善鬼却身着一身白装，他的一头黑发垂到腰间，在白色装束上被夜风扰动着。好看得几乎令人感到违和的薄唇和涂在上面的鲜艳口红也十分惹人注目。

然而从他那微微颤动的喉结，可以知道他实际上并不是女人。

善鬼也马上就注意到了刀弥跟夜之介。

"看来现在是妖怪改方出场的时间呢。哟，只有两个人吗？"

这里除了夜之介和刀弥没有其他妖怪改方，只有统子和黑助，与力、同心一个也没有。两人在收到九助的通知后马上径直往日本桥赶了过来。

"再等些增援比较好吧？凭你们两个能做什么呢？"

善鬼笑着说道。那笑容美得仿佛能勾人魂魄。

与之相对的，夜之介的脸看起来十分吓人，双眼直勾勾地盯着善鬼。这张本就可怕的脸现在比任何时候都要更像厉鬼。

"你胆子还真不小啊，善鬼。"

听到夜之介的话，善鬼耸耸肩，说："你还是跟以前一样沉闷呢，兄长。"

——兄长？

善鬼确实提到了这两个字。

刀弥虽然很在意，但现在可没工夫提问。

"哎哟，那边还有只派不上用场的雷兽呢。"

"黑助大人才不是派不上用场的雷兽！"

"喵！"

统子和黑助还嘴，怎奈善鬼接着嘲讽："不是派不上用场，那要用什么形容呢？不中用的黑猫？难道你们想说这只雷兽派得上用场吗？"

善鬼专挑黑助不想听的话说。

虽然传说中雷兽的妖力强大得足以将整个江户搅得天翻地覆，但现在的黑助除了唤个小小的落雷之外啥也不会干。而且就这种程度的落雷还唤得不咋样。

"可不就是派不上用场吗？"

"喵……"

黑助的尾巴缩成了一团。

这时候，有个妖怪替雷兽打抱不平道：

"你来这儿就是为了动动嘴皮子的吗？"

是刀鬼。他双眼冒着怒火，从刀弥的印笼里跳了出来。

刀鬼动作极其迅速，话音刚落，便抡起了比自己身子还要大的大太刀。

"老子杀了你！"

说着就将刀刃对着善鬼头顶挥了下去。

"铛——"的一声，刀与刀之间碰撞出火花来。

没能击中。接下这全力一击的另有其人，她不知什么时候出现在了刀鬼和善鬼之间。

第五章　山　姥　[207]

"少碍事！"

"我拒绝。而且，碍事的是你。"

来者是个年轻女子，气质像是个武士。看上去虽然不过十八九岁，却能灵活地使唤两把太刀挡下刀鬼的大太刀。

"二刀流……难道说？"

刀弥目瞪口呆地看着，刀鬼则拉开了距离。

"阿久美，被你救了一命呢。"

善鬼对女子说道。

果然是。

——二刀流的阿久美。

刀弥知道此人。相传她是善鬼的得力手下，二刀流高手。那两把太刀极为锋利，已有无数官吏成为她的刀下亡魂。

现身的不只有阿久美，还有山姥——与平的母亲阿时。她右手拿着柴刀，左手握着火把，看上去焦躁不安。

"善鬼大人，这里就交给我们吧。"

阿久美的两把刀分别指着夜之介和刀弥，看样子是想让这妖怪改方的二人也成为自己刀下的亡魂。

"那就拜托你啦。"

善鬼点点头，消失在了黑暗中。

"慢着！"

夜之介想要追上去，却被阿久美拦住了去路。

"想过去先打倒我再说。"

"休想碍事！"

夜之介拔出刀，开始跟阿久美交锋。"铛——铛——"刀与刀相碰撞的声音响彻日本桥。

另一方面，刀鬼与阿时四目相对。刀鬼虽然是鬼，但还是比较仁慈的，由于对手是与平母亲，甚至没打算拔刀。

"老婆婆，你在这儿也做不了什么，劝你还是快点离开吧。"

刀鬼不希望跟阿时动手，想将她打发走。

这下能自由行动的只有刀弥一个人了。

正当他想要追赶消失的善鬼时，只听见"唰——"的一声。

夜之介的衣服被划开了一个口子，鲜血从他腹部渗出。

"呜……"

夜之介的脸色十分难看。伤口虽然不是很深，但位置十分刁钻。人一旦被伤到腹部，动作必然会变得迟钝起来。如果对方下手的位置再讲究一些，甚至会有生命危险。

夜之介这情况不能放着不管，刀弥只好放弃追赶善鬼。

"我来当你对手！"

刀弥冲到了二人之间。

"谁当对手都一样，不过是先死后死的区别罢了。"

第五章　山姥　[209]

阿久美眉毛动都不动一下，继续挥动起太刀来。

（好快……）

阿久美这身手确实了得，怪不得夜之介会被击伤。她那两把刀就像狂风里的枯叶一样，让人完全捉摸不透下一刻会朝哪里挥去。刀弥身上很快就出现了一处处细微的伤痕。

但他并没有因此慌了阵脚。

"收手吧，凭你这样是杀不了我的。"

刀弥对阿久美说。

这听起来不像是被压制之人该说的话。要论剑术造诣，阿久美很明显在刀弥之上。

"呵，还真是嘴硬。"

阿久美冷冷地笑了一下，手上没有任何迟缓。

"你杀不了我的。"

别看刀弥已经浑身伤痕，却还有工夫说话，而且一滴汗也没流，一口粗气也没喘。

阿久美则正相反，一处伤痕也没有，但是在不断喘气。

"以你这状态是杀不了人的，"刀弥说，"这是二刀流的局限。"

即使是男人，战斗的时候也得用两只手来握一把刀。阿久美一个女儿身，一只手握一把刀，其威力可想而知要弱上不少。

"闭嘴！"

阿久美将右手的刀朝刀弥喉咙挥去，但果然力气不够。

"呜——"

刀被击飞了。

然而攻击之后必有破绽。

刀弥此前从未有过同二刀流剑客战斗的经验，当他注意力全集中在其中一把刀上时，另一把刀就被他看漏了。像阿久美这样的剑客自然不会放过这个绝佳机会。

"这下还是我赢了！"

眼睁睁地看着另一把刀就这么挥了过来，不论阿久美有多么疲劳，刀弥都躲不过这一下。

"刀弥大人！"

"喵！"

刀弥身后传来统子和黑助的喊叫声。

不过，阿久美的刀最终却没能砍到刀弥。

"铛——"金属撞击的声音将统子和黑助的喊叫声盖过了。

"这一刀还真没力气呢。"

是夜之介。这位腹部受伤的妖怪改方长官，替刀弥接下了阿久美的攻击。

"能失手成这样，看来我也修行得不够啊。"

当然了，这只是自嘲，绝不是什么修行得不够。夜之介想

第五章　山姥　[211]

必是由于见到善鬼情绪不稳定而导致失手，换作平时的话，他绝对不会这么不小心。

阿久美"切"了一声，跟刀弥和夜之介拉开距离，退到了阿时旁边。

"阿久美，你还是束手就擒吧。"

然而本该已无路可逃的阿久美听到夜之介这话，却哈哈大笑了起来。

"有什么好笑的？"

"没有——"阿久美沉着冷静地说，"——除了善鬼大人之外，居然还能有其他让阿久美感到为难的对手，阿久美感到十分开心。"

她的话听上去完全不像是在称赞人的样子，而且似乎也没打算乖乖就范。刀弥有种不祥的预感。

"过家家就到此为止了。"

阿久美从怀里取出几个竹筒，朝刀鬼扔了过去。

"这回轮到我当对手了吗？"

刀鬼的目光变得锐利起来，迅速架起大太刀。

刀鬼毕竟是"刀鬼"，而"刀鬼"的本能，就是斩掉眼前的所有威胁。

"别砍那东西！"

夜之介对刀鬼下令，但已经晚了。刀鬼挥出去的刀已经来不及收回。"唰——"所有的竹筒全被斩断。

断裂的竹筒中飞溅出某种液体,洒满了地面。

"这是……什么东西?"

"是油啊。"

阿久美解答完刀鬼的疑惑后,朝阿时看去,嘴角浮现出阴冷的笑容。

"阿时,放火。"

阿久美下令道。

"可是……"

"办不到吗?那我来帮你吧。"

阿久美一挥太刀,霎时将阿时手中的火把斩成两段,点着火的上半段就这么落到了地面上——

油即刻被点着,化作熊熊火焰迅速扩散,将夜里的日本桥染得通红。

"这么下去会变成大火灾的!"

"喵!"

统子和黑助说。

"刀弥,快去灭火!"

夜之介怒喝道。

现在已经没心思管阿久美了,不赶紧灭火的话,日本桥将会变成一片火海。刀弥狠狠瞪了阿久美一眼后，急忙跑去找水桶。

阿久美轻蔑地看了眼火急火燎的刀弥一行人，很快便消失得无影无踪。

六

红色火焰像吞噬着地面一样不断扩散，完全没有要停下来的趋势。不知是不是由于时间太晚，幕府的灭火队并没有现身。

更糟糕的是，附近有一家粮油批发店。听说发生火灾，店里的伙计们放着油不管，全都跑去避难了。如果让火蔓延到这里来，那一切就都完了，整个日本桥一带都会被烧个精光。

"不快点把店里的油弄走就完蛋了！"

统子在店门口心急如焚，不知不觉间离火焰太近了。

"都是烟……"

很快，统子被烟雾给包围了。由于刚才的油洒得到处都是，火焰的蔓延速度极快。滚滚浓烟现在已经变成了黑烟，树木和墙面也开始燃烧起来，火焰逐渐接近统子——

"统子！"

"别动，我马上过去救你！"

刀弥和夜之介想要过去救统子，但火势实在过于猛烈，油店门口被火焰和烟雾包围着，完全靠近不了统子。

"可恶！"

虽然如此，但无论如何也不能眼睁睁看着统子在自己面前丧命。刀弥已经做好被烧死的思想准备，打算冲进火海中，就在这时——

"喵！"

响起了黑助的叫声。

"轰隆隆——"突然落下了一道巨大的雷电。

落雷的冲击甚至令地面都晃动起来。

"唔……"

刀弥和夜之介没法保持站立，只好蹲在地上，地面的沙尘飞舞起来，挡住了二人的视线。大家已经见识过很多次黑助的雷电，但威力这么大的还是头一遭。

很快地，众人发现黑助唤来的不只是雷电。"唰——"刀弥脸上被冰冷的水滴划过。

——是雨。

日本桥一带瞬间乌云密布，开始下起雨来。而且很快就从小雨变成了倾盆大雨，众人的视野也变得清晰。

"这小家伙还真是——"

夜之介不禁咽了口唾沫。刀弥也说不出话来。油店外面被黑助的落雷轰到的地方，所有东西瞬间化为了尘埃。

"真是怪物啊。"刀鬼说。

"黑助大人才不是怪物呢。"

油店方向传来了统子的声音，她身上毫发无伤。听起来可能有点不可思议，黑助在完全不伤到统子的前提下轰下了这道巨雷。

"……果然是怪物啊。"

看着这传说中可以自由自在使唤雷电的小生物，刀鬼再次感叹道。

"雷兽还真是可怕的生物。"

夜之介赞叹道。但现在并不是佩服的时候。

"不好了！"统子大声喊道。

她的目光在黑助身上。

现在的黑助身上环绕着青白交错的雷电，跟以往那只胆小的黑猫完全不一样。

"黑助这回是真的生气了。"

黑助朝着阿时走去，想必是无法原谅这个使统子置身于危险之中的人。

"黑助要动手了，要攻击老婆婆了。"

空中再次聚集起乌云。

阿时看着黑助，像是被蛇紧盯着的青蛙一样，逃也逃不掉，只能坐以待毙。

黑助就这么朝着阿时走去。

"喵——"在它即将唤下雷电的瞬间，一个瘦弱的身影扑向阿时。

"母亲！"

"与平……"

出现的正是阿时的儿子与平，他此时抱着必死的决心在保护母亲。

"黑助大人，快停下！"

统子大喊道。但落雷的轰鸣声已经停不下来了。

雷电应声落下。可能是与平的出现导致了黑助的犹豫，这次落雷的威力远不如刚刚的大。

然而，雷电终究是雷电，没有哪个人类被雷劈中还能毫发无伤。与平的性命此时如同在风中摇曳的灯火。

就在被雷劈中的前一刻，阿时将与平推了出去。

"与平，快离开这里！"

"母亲！"

"轰隆隆——"一道雷轰到了阿时身上，将两人的声音打断。

接着，阿时一声不响地倒在了地上……

七

房子里飘出米饭和味噌汤的香味。

这一天，与平早早地就起来了，汗流浃背地照料着地里的白萝卜。

他正努力地让这片荒芜的田地恢复往日生机。曾经枯萎的白萝卜叶再次变得青翠起来。

"之前真是对不起你们。"

与平对田地里的白萝卜说。

与平努力地干着活，这时传来母亲的叫唤声。

"吃饭了。"

阿时还活着。一个月之前被落雷击中后，她一时没能恢复意识，但现在已经没有大碍，仍勤勤恳恳地照料着与平的生活。

"再不来吃都要凉了。"

母亲催促他道。现在的阿时声音听起来很慈祥，跟在善鬼手下犯盗窃案那时候截然不同。

当然了，这也并不意味着一切都已经结束。

当时阿时为了病倒的与平伙同善鬼偷走了千两箱。虽然偷的是无良放贷人的钱，被百姓们拍手叫好，但犯罪终究是犯罪。

在江户偷十两钱就得掉脑袋，更别说千两箱了。

夜之介优先考虑了被雷劈得焦黑的阿时，对与平说："先带她回家里休养一下，一个月后我们过去要人。"

而今天，就是那个"一个月后"。

"母亲，你快逃吧。"

与平三番五次地劝说母亲逃跑。想必夜之介也是有此想法，才给了她一个月这样过于宽裕的时间。

但阿时不为所动。

"不，我哪里也不会去。我就在这里，跟与平在一起，这里是我们的家。"

阿时似乎已经做好了接受惩罚的觉悟。兴许是怕自己逃跑后与平会代替自己受罚，包括一起逃跑的提案也被她拒绝了。

"真好吃啊。"

"嗯。"

在母子二人吃饭的时候，妖怪改方如约而至。

"很抱歉在饭点打扰你们。"

妖怪改方的长官夜之介出现了。刀弥和统子也在。

他们没穿执勤的衣服，周围也没有其他与力、同心，看起来就像散步时顺便过来串门一样。想必是认定了阿时不会反抗，没有必要兴师动众。

打完招呼之后，统子低下了头。

第五章 山姥 **[219]**

"真是非常抱歉。"

声音听起来像要哭了一样。

"嗯？"

阿时感到十分疑惑。与平也摸不着头脑，跟母亲面面相觑，不知她为什么道歉。

统子背后出现黑助的身影，一脸难为情的样子。

"喵……"

听起来也像要哭了一样。

"希望你们可以原谅黑助大人。"

"喵。"

原来她们是为黑助用落雷伤了阿时一事前来赔不是的。

阿时脸上露出慈祥的笑容。

"不用在意。"

说完温柔地摸了摸黑助的头。黑助的小耳朵痒得哆嗦了一下。

看这当时犹如怪物一样可怕的黑助现在被阿时摸头的样子，俨然就是一只乖巧的小黑猫。

"时间差不多了。"

夜之介打断他们说。

接下来进入正题了。本对夜之介露着笑容的阿时，神情也变得严肃起来。

"请放过母亲吧，她所做的一切全都是为了我，是我不好！"

与平依然不停地为母亲说话。

"这可行不通。"

夜之介毫不留情，对与平的母亲问道：

"阿时，你想跟儿子一起住在这里吗？"

"我想。"

阿时很耿直地回答。

与平听了感到十分痛心，毕竟当初还是他亲手将母亲抛弃到了深山中。

不仅如此，母亲回来之后自己非但没有慰劳她，还被田地里埋藏的金钱遮蔽了双眼。而且一边想着母亲说不定在参与什么坏勾当的同时，却又一边假装什么都不知道。与平之前一直为贫苦所困，实在不想再过那种生活了。

"各位，都是我不好！"

与平显得更加后悔。

"请放过我的母亲吧。"

说完便跪倒在地上。

"就这么放过是不可能的。"夜之介说。

这话与平也料到了。

虽说是受善鬼唆使，但阿时终究窃取了千两箱，还是让日

第五章　山姥　**[221]**

本桥成为一片火海的帮凶，这些事岂能是说算就算的。

即便如此，与平还是继续磕着头。他能为母亲做的也只有这点了。

"阿时——"

夜之介的语气一变。与平认为他们应该是要把母亲带走了，整个身体不由得蜷缩起来。

然而，夜之介要说的话跟他所想的不一样。

"你姑且回到山里面去吧。"

"回到山里面？"与平问道。

"嗯，回到箱根的山里。"

"难道不是死罪吗？"

盗窃千两箱肯定是死罪一条，这点毫无疑问。

"对于被雷兽劈中还活下来的人，又有什么刑罚可以处置呢？"刀弥插了句话。

听到这个，黑助不好意思地耷拉下耳朵。它依然对唤雷劈了阿时这件事感到过意不去。

"阿时，我们虽想还你自由，但……"夜之介继续对与平的母亲说，"善鬼知道你的所在。如果放你自由的话，很有可能又会被他缠上，从而再次被指使去干坏事。"

与平虽然没见过善鬼，但这时想起一件有点在意的事情。

阿时本应只是被善鬼利用，却从没说过善鬼一句不是，反而十分信赖他的样子。善鬼虽然指使了她偷千两箱，但自己没有拿一分钱。也多亏有了这笔钱，与平才能将阿国欠下的钱还清。

在与平脑海中，善鬼并不完全是个恶人，而更像是个义贼。当然了，实际如何他不清楚，只是有这么一种印象罢了。

不过还是离他越远越好。

住在江户或多或少会听到一些跟善鬼有关的传闻，而与平向来不希望这些传闻流入母亲耳朵里。不知为何，他之前就隐隐觉得母亲是善鬼的手下。

夜之介仿佛是要打断与平的想法一般，自言自语道："毕竟善鬼是个危险分子。"究竟如何危险倒是没有细说。

"在我们除掉善鬼之前，你先回山里去。等我们解决了善鬼，你可以回来继续跟与平一起生活。"

— * — * — * — * — * —

第二天，与平的母亲回到了深山之中。

图书在版编目（CIP）数据

雷兽 /（日）高桥由太著；吴嘉濠译 . — 北京：
中国友谊出版公司，2020.4
　（妖怪调查科）
　ISBN 978-7-5057-4612-1

Ⅰ . ①雷… Ⅱ . ①高… ②吴… Ⅲ . ①长篇小说—日本—现代 Ⅳ . ① I313.45

中国版本图书馆 CIP 数据核字（2019）第 054889 号

MONONOKE HANKACHO RAIJYUU BIRIBIRI
Copyright © YUTA TAKAHASHI 2015
First published in Japan in 2015 by TOKUMA SHOTEN PUBLISHING CO., LTD., Tokyo.
Simplified Chinese translation rights arranged with
TOKUMA SHOTEN PUBLISHING CO., LTD. through JAPAN UNI AGENCY, INC.Tokyo.

书名	雷兽
作者	［日］高桥由太
译者	吴嘉濠
出版	中国友谊出版公司
发行	中国友谊出版公司
经销	新华书店
印刷	河北鹏润印刷有限公司
规格	880×1230 毫米　32 开 7.25 印张　113 千字
版次	2020 年 4 月第 1 版
印次	2020 年 4 月第 1 次印刷
书号	ISBN 978-7-5057-4612-1
定价	42.00 元
地址	北京市朝阳区西坝河南里 17 号楼
邮编	100028
电话	（010）64678009

如发现图书质量问题，可联系调换。质量投诉电话：010-82069336

雷兽

妖怪调查科

[日]高桥由太——著
吴嘉濠——译

中国友谊出版公司